弱キャラ友崎くん
Lv.11
The Low Tier Character
"TOMOZAKI-kun";
Level.11
JN038119
Yuki Yaku Presents
屋久ユウキ
Illustration Fly
フライ

「だから私、
お姉ちゃんみたいになりたいんです」
日南遥

「ふっふっふ、助太刀いたす！」

生徒会長

「話には聞いてるよー。かわいいねぇ」

「わ、私は、文也くんの彼女なので」

The Low Tire Character
"TOMOZAKI-kun";
Level.11
ブイン
Design Caiko Monma (musicagographics)

弱キャラ友崎くん
屋久ユウキ
Yuki Yaku Presents
フライ
Illustration
Fly
The Low Tier Character
"TOMOZAKI-kun";
Level.11
Lv.11
キャラ紹介
友崎文也（ともざき・ふみや）
高校三年生。弱キャラ?
日南葵（ひなみ・あおい）
高校三年生。学園のパーフェクトヒロイン。
七海みなみ（ななみ・みなみ）
高校三年生。ムードメーカー。
夏林花火（なつばやし・はなび）
高校三年生。ちっちゃい。
泉優鈴（いずみ・ゆず）
高校三年生。いけてる系女子。
菊池風香（きくち・ふうか）
高校三年生。本好き。
水沢孝弘（みずさわ・たかひろ）
高校三年生。美容師志望。
中村修二（なかむら・しゅうじ）
高校三年生。クラスのボス格。
竹井（たけい）
高校三年生。ガタイがいい。
成田つぐみ（なりた・つぐみ）
高校二年生。色々とフリーダム。
紺野エリカ（こんの・えりか）
高校三年生。クラスの女王。
レナ（れな）
二十歳。お酒好き。
足軽さん（あしがる）
アタファミのプロゲーマー。

The Low Tier Character
"TOMOZAKI-kun": Level.11

CONTENTS

1 コントローラーを手放してしまったら、
物語は決して進まない P.11

2 新大陸に飛ばされると、
パーティがばらばらな場所に着陸したりする P.39

3 呪い状態にかける蘇生呪文は、
即死効果に変わってしまう P.82

4 どんなにレベルを上げても、
運と乱数が悪ければゲームは終わる P.175

5 魔法の鏡はいつだって、
魔王の真実の姿を映し出す P.304

1　コントローラーを手放してしまったら、物語は決して進まない

『――葵、誕生日おめでとう』

ぱぱん、ぱぱぱん。はらはらはら。

画面のなかで色とりどりの紙吹雪が舞って落ちると、黒く沈んだ日南の瞳のなかに、祝福のリボンが絡みつくように映り込む。母親と妹と思わしき二人の笑顔と対照的に、日南の表情はどんどんと色を失っていった。

『葵は十七年間、本当にお利口に育ってくれました。思い出すのは小学生の頃の、マラソン大会。今は陸上で全国にまで行った葵が、あの頃は下から数えるほうが早いくらいで。けれど思えばあの頃から葵は、いまの葵に続く運命への道を、しっかりと走ってくれていたのだと思います』

物語るように言葉を並べる女性の顔つきは、日南によく似ていた。鈴が鳴るように綺麗で、聞くものを惹きつけるような明るさも兼ね揃えた声は、日南のものよりもどこか、純粋な響き

を持っている。幼くも見える笑顔は、目の前の人を安心させるような真っ直ぐさがあった。

「――やめてっ！」

日南が、金切り声を上げた。

追い詰められたように絞り出された声は酷く切迫していて、祝福のムードに満ちた空気は、ろうそくの火が消えるようにあっけなく、消え失せた。

困惑の息づかい、緊迫した沈黙。

交錯する視線から、みみみたちに泉や菊池さん、中村たち男子も含めたメンバーが戸惑っていることが伝わってくる。一体どうしてそんな声をあげたのか。この映像の、なにが日南の禁忌に触れたのか。家族と接触していること自体がそうなのか、それとも。

すべてがわからないなか、俺は日南だけを見つめていた。

「あ、葵……？」

モニターに映し出された日南家からのビデオレターを用意した張本人である泉が、わかりやすく動揺した声を出す。――けれど、それ以上に焦燥していたのは。

「……なんで、こんなもの。……やめて」

小さく震えた唇と、足下に落ちているコントローラー。半径一メートル以内を常にコントロールしてきたはずの日南葵が投げ出したそれは、コードを無秩序にたわませながら乱暴に床に転がっていて。

一つ、想起されたのは。

今日の最後のアトラクション。夕陽の中をゆっくりと進むコースターのなかで俺は、日南の過去を聞いた。二人いた妹のうち一人を事故で亡くし、その〝原因〟は永遠にわかることはないと零した日南の諦念。それは間違いなく、日南の底に根を張っていて。

寝室で撮ったのだろうか、掛け軸のようなものが映り込んだ和室に並ぶ二人の笑顔は、とても柔らかくて。にもかかわらず俺の目の前にいる日南の表情は、こわばり引きつっていた。

「葵ーっ！　申し訳ない！」

みみみが明るい声で、日南以外の視線を集めた。こういうときに場の空気を和らげるのは、いつもみみみだ。

「なんかさ、嫌な気持ちにさせちゃったみたいで――」

「準備したの、みみみじゃないでしょ？」

「っ！」

鋭い声が、配慮を切って落とす。

あえてそうしているのか、それとも意図せずそうなってしまっているのか。日南の声は、わかりやすく拒絶に満ちていて。

「優鈴、修二。これは?」

責任の所在を探すような口ぶりが、空気をいっそう薄くする。問われた泉はなにか言わねばと口を開くが、ただ息継ぎをするようにぱくぱくと薄まったそれを吸い込んだだけで、言葉は続かなかった。

「……なんだよ、葵」

中村は苛立ちを隠さない口調で言うと、敵意を含んだ視線で一歩前に出て、日南と対峙した。

「勝手にこんなことした俺たちも悪いけどさ、そんなに迷惑だったか?」

「ちょ、ちょっと修二……!」

「そこまで露骨に態度に出すことないだろ」

泉を守るように、制止を無視して言葉を連ねた。

二人の視線がぶつかる。

「――ここまで露骨に態度に出すようなことなのか、ってことを考える材料すら、二人はなにも持ってないでしょ」

乱雑に選ばれた言葉には、明確な棘があった。

「だったら勝手なこと、言わないでもらえる?」

無差別に薙ぐような日南の振る舞い。それはいつかの紺野エリカに制裁を加えていたときの日南のことを思い出すけれど、計算し尽くし、目的のために言葉を操っていたあのときとは違って、いまはただ、持てる力を乱暴に叩きつけているように見えて。

「……あのな、葵。優鈴はお前のためにわざわざお前の家族に会って撮ってきたんだぞ？　それを――」

「私のためだから、って理由でなんでも許されるなら――」

日南は中村の言葉を遮り、冷めた視線を送る。

「これ以上修二が喋ると間違ったことを言ってしまうから、修二のために思いっきり殴って止めても、許されるってことになっちゃうから」

「はあ？」

空っぽの正しさ。説き伏せる以外なんの役割も持たない、ざらついた論理。相手を説得するためではなく、ただ相手の気持ちを、善意を、踏み潰すためのものにしか聞こえない、敵意のこもった言葉だ。中村の声に強く呆れが混じるのも無理はない。

「……葵、なにそれ……？」

泉が悲しみを湛えて言う。きっと日南のことをフォローしようと考えていたのだろう。けれどいまの日南は、助けられることすら拒絶する剣幕で感情を撒きちらしていた。

「なにも……なにも知らないくせに」

怒りにも悲しみにも見える表情で繰り返す。

たしかに俺は、日南の仮面の内側を見たいと思っていた。

けど見たかったのは——こんなボロボロになった姿ではない。

「知らないから、教えてくれって言ってるんだよ。なにも言わないとわからないだろ」

中村のそれは、まさしく正論で。

言葉を尽くしたところで完全に理解することは難しい。けど、なにも言わなければ、なに一つ理解しあえないに決まってる。

同時にそれは、歩み寄る姿勢があることの証明でもあった。ここまで拒絶されて、明らかに傷つけるための言葉を突きつけられて。中村はそれでも、日南に手を差し伸べているのだ。

なのに。

「……なにも、言うことはないかな」

「はあ？」

「ごめん。私、具合が悪くなったから、先に部屋に戻るね」

日南は、俺たちに背を向けてしまう。

「おい、葵——」

「大丈夫？　私付き添うよ!?」

明らかに不自然なタイミングで、明らかに嘘をつきながら、逃げるように場を去ろうとする日南。気遣いの言葉をかける泉をちらりと一瞥すると、

「大丈夫。一人で戻れるから」

迷いなく放たれた断りの文句は、完璧な笑顔で彩られていて。

仮面の分厚さがいっそう、断絶の気配を色濃くしていた。

「それじゃあ」

俺たちを一瞥もせずに部屋の真ん中を突っ切っていくと、日南は廊下へ続く戸を開けた。

「ま、待って、葵——」

背中に投げかけられたみみの声は、ばたんと閉まったドアに遮られて落ちる。取り残された俺たちはなにを語るべきかすらわからず、ただ視線を交差させていた。

しかし。

「っ」

俺の足が誰よりも早く、閉ざされたドアのほうへと向かっていた。

「文也くん!?」

後ろから投げかけられた菊池さんの声も無視して、俺はそのドアの向こう、日南が向かう先へと駆けていた。

＊＊＊

「日南！」

手を伸ばしても届かない、数メートル先を歩いている後ろ姿。声は聞こえているはずなのに足を止めず、等間隔に並ぶ客室の前を通り過ぎていく。足取りは荒く、それでも歩く姿に美しさすら感じられるのは、こいつの鍛錬の成果なのだろう。

やがて日南がたどり着いたのは、ゲストハウスの裏口だった。

濁った光沢を放つ金属製のドアノブに手を掛けると、すべりの悪い蝶番が、喉を締め付けたようにぎりりと鳴く。

日南が扉をくぐるのとほとんど同時に俺も追いつくと、半分だけ閉じかけたドアに手を掛けて、共に行く意志を示すように大きく開いた。

ぶわりと、目の前の空気が入れ替わる。

隙間から吹く風が頬をなでると、視界に夜が飛び込んでくる。

空には、星が広がっていた。

大阪とはいえ郊外だからだろうか。黒に近い藍に染まった空には、大宮の繁華街では見られない星の数々が瞬いていて、まだ肌寒い夜に、冷えた光が落ちる。

車の音も街の喧噪も届かない広場には、アスファルトをゴム底が擦る粒立った足音が、やけに大きく響いた。

静寂の下で日南は、諦めたように立ち尽くしていた。

「……」

俺は黙って、その隣に並ぶ。

あまり長くは話せないだろう。いまに心配した誰かが、この場所を見つけて飛んでくる。この日南葵という人生のトッププレイヤーは、友人とそういう信頼関係を築いてきたのだから。

「……なに」

責めるように、けれど視線は合わせずに、日南はぶっきらぼうに言う。それでも日南はそこから動かず、俺がここにいること自体は拒絶しなかった。

気のせいではないだろう。

どこでもない遠くを眺める視線には、芯に食い込むような、灰色の寂しさが滲んでいた。

「お前、あのビデオレターの――」

「私はこれ以上なにも、話す気はないよ」

質問が、切って落とされた。

ヨンテンドーワールドの最後のアトラクションで、話してくれた過去。きっとそれにまつわるなにか。ビデオレターに込められた濁った記憶が、溶けた鎧の隙間から、奥へと入り込んでしまった。だけど俺は、それに触れることを許されていない。

奥にあるものは、きっと俺が知りたいもので。

日南が誰にも知られまいと、しまい込んでいたものだろう。

「話せること、……なにもない」

俺はあのとき少しだけ、あいつの仮面の裏が見えた気がして。みんなが日南を祝う気持ちが、あいつの鎧を溶かしていってくれた気がして。

だけどいま、怯えたような幼い口調は、世界から取り残された迷子の少女のようだった。

ここまで追いかけて手を伸ばしてみても、強い意志で閉ざされていた鉄扉にはまだ、鍵がかかったままだ。けれどその扉が酷く冷えていることだけはわかったから、俺はその扉の前から、立ち去ることだけはしたくなかった。

日南がどんな言葉を欲しているのかわからない。

そもそも言葉をかけられることを求めているかすら、確かではない。

だけど、一つだけ間違いないことがある。

分厚い扉の向こうで——日南葵は、一人ぼっちなのだ。

だから俺は、こいつの明らかな変調の理由を聞くわけでもなく。

こんな言葉を、伝えることにした。

「……まだ、誤魔化せるよ」

「え……」

日南は疲れきった目を丸くして、俺に向ける。

「当たり前だろ、誤魔化せるに決まってる」

ズルいことを真っ直ぐに、言い切った。

「お前がいままでやってきたことが、勝ち取ってきた信頼が、こんな一回の失敗で、崩れるわけがない」

誰よりも信じていた。

こいつが今まで積み上げてきたものの偉大さを、その価値を。

人の好きなものを覚えて、話す話題すら暗記して、笑顔を作る表情筋を鍛えて、全員に好かれるように身なりを整えて。

中身と外見のすべてを、真っ黒で利己的な打算で、カラフルに着飾って。

それはきっと、人によっては生理的に嫌悪するほどの冷たさを持っているかもしれない。

純粋であることを道理とする人からしたら、反吐が出るような行為かもしれない。

だけど、俺なら。人生というゲームを攻略するために、日南と同じものを積み上げてきた俺なら、その尊さを心の底から理解できる。

こいつの努力が、冷たさが。

——いかに価値あるものであるかを。

「だから、心配するな。余裕に決まってる」

無根拠に言い切った。

「お前は、日南葵なんだから」

根拠はないけど確信はあって、それはきっと、俺がこいつに向ける信頼なのだ。

「そんなことを……言いにきたの」

やっと顔をこちらに向けて、俺の顔を見てくれる。

自分を最も美しく見せるよう完璧に作られた髪型が崩れ、誰しもを魅了する隙が作られたはずの表情に、いまは憔悴が見える。無欠だったはずのパーフェクトヒロインは、いまや指先が軽く触れただけで壊れてしまう、硝子細工のようで。

薄く開いた唇から、可笑しそうに息が漏れた。

「……あーあ」

自嘲的に言うと、日南は清々しくもある表情で、夜を見上げる。

浮かぶ月から届く光が、日南の首筋の白を照らした。けれどぼやけた明かりは、心の内を透けさせるには、あまりに弱々しくて。

「なんかね。いろんなこと、思い出しちゃったんだ」

幼く、意図を感じない隙が滲む。

掠れた過去が映りこんだような黒い瞳はいま、一体どんな感情を、もしくは記憶を、たどっているのか。俺は静かに、その言葉の先を待つ。

「今日ね。久々に、楽しかった気がしたの」

「……それは、なによりだよ」

「私の大好きなものが一杯で……そっか、私がしてきたことって、こんなふうに返ってくるんだ、って実感できて」

大切な宝物を愛でる、少女のような口調で。

もしくは獲得した獲物を自慢する、狩人のような表情で。

いや、その二つはひょっとすると日南の中では、同じ意味なのかもしれなくて。

「こんなつもりじゃなかったのに、やっぱり日南葵って、すごいなあって思ったりして」

他人事のように言う日南だったけど、それは実際、他人のような感覚なのだろう。

ここに立っている日南葵という人間はきっと、血が通っているようで通っていない傀儡だ。

ほんとうのところは、画面の外でコントローラーを握っている、冷徹な理性にある。

「……だから、なのかな。悲しかったんだ」

少女を思わせる口調は、どんな過去や感情の表れなのだろうか。俺は黙って言葉を待つ。

「言ったでしょ？　……私はただ、正しさを証明したかっただけなんだって」

日南はシンプルで上質な部屋着の裾を、くしゃりと握った。

「お祝いの言葉も、笑顔もぜんぶ、私にとっては……証明の、一部でしかないんだ」

もう、驚くことではないと思った。

およそ友人から向けられた好意に対して使われることのない、証明という言葉。

ああして向けられた善意も好意も、自然に浮かんでいたであろう笑顔も言葉も。

そのすべてが、自分は正しかったという根拠にしかならないという、酷く冷たく、そして寂しい考え方。きっと、広く受け入れられるものではない、その生き方。

けど。

「言っただろ」

俺はじっと、日南を見る。

「日南葵は、それでいいんだって」

日南が懸命に積み重ねてきたすべてを、俺を救ってくれたやり方を。

俺はこいつを、否定しない。

間違ってるなんて、思いたくなかったから。

「たしかに歪な生き方かもしれないよ」

根拠はなかった。けど、確信はあった。

あまりにも正しくて。あまりにも、不器用で。

「でも、その証明が周りの人間を助けて、感謝されて、みんなにとっての大切な人間になってる。そのことが、さっきのみんなの言葉から、表情から、わかったはずだろ?」

徹底した潔癖さが。

残酷なまでに俯瞰(ふかん)した視線が。

それらが生んだ完璧(かんぺき)な虚像が放つ、圧倒的な輝きが。

──周りの人を、幸せにしている。

日南(ひなみ)の意図がどうだとかは関係ない。そこに打算や欺瞞(ぎまん)があるかどうかすらも、この際どうでもいい。ただ、結果として生まれているその構造だけは絶対に否定しようもない、客観的な事実なのだ。それだけは、日南の意図や行動の本質を超えた、絶対的なものだと思った。

その構造だけは、誰(だれ)にも──

日南葵(あおい)本人にすら、否定できないと思った。

「なら、それだけは絶対に、間違ってないだろ」

構造を根拠にして、日南葵の在り方を肯定する。

「だからさ、日南。俺もすぐにわかってくれとは思ってない。けど、また同じ時間を過ごしていく間に、少しずつ……」

だけど日南はこんなときに、どうしてだろうか──

「ううん。だとしても、ね」

——恐ろしいほどに澄んだ目を、俺に向けていた。

「どうして、それが正しいだなんて、言い切れるの？」

不自然なくらいの、真っ直ぐな視線。
恐ろしいくらいの純粋さで正しさの根幹を探す、子供のような言葉運び。
思わず俺は、身じろぎする。
おおよそその態度と言葉は、こうして孤独を寄せ合い、その奥のほんとうを交わし合おうとしている瞬間には似つかわしくないほどに、身も蓋もなかったから。

「正しいと言える——理由は、なに？」

「理由、って……」
焦って、言葉を繰り返す。
お互いに手を伸ばせば届く距離にまでは、近づけている気がしていた。あとは日南が分厚い扉を開けて、手を伸ばしてくれれば、刻まれた深い断絶のこちら側へと、身体を引っ張ってくれる。そう思っていた。

「そこに、誰も反論できないと言える、根拠はあるの？」

けど。

「あなたは――それを証明できる？」

日南が見つめているのは、暗闇の奥に転がっているかもしれない、なにかだった。

「……だから、言っただろ。お前は……日南葵はみんなに感謝されてて、みんなの思いに嘘なんか、まったくなくて」

しどろもどろに、言葉を紡いでいく。

問われているのは恐らく、日南葵という存在を肯定する、もっと根源的な根拠。

踏み込んだ肯定の言葉に付随するべき『理由』という、シンプルな解だ。

「こんなに大切なつながりが、友達が、たくさんできてて……それってすごく、美しいもので……」

言葉が、届いていないような気がした。

いまあいつが俺に突きつけた証明という言葉。それが求めているものは。

人とのつながりとか、感謝だとか愛だとか、そんな美しくてそれらしい言葉なんかじゃない。

「だったら、それで正しいってことに……！」

だって恐らく、日南の問いは——

「それはほんとうの意味で、正しいと言える？」

心だとか友情だとか、そんな抽象的なものから離れた根本的なところへ、俺を誘っている。

「……っ」

言葉を、失ってしまった。

「感謝されて、大切なつながりがあることは、たしかに世間的に正しいとされてる。けど、それはただ、みんなにそう信じられてるだけ。ほんとうの意味で正しいかどうかなんて、誰も証明できない。——本当に、誰も」

えてして子供が抱く疑問は、大人が無根拠に信じているものを暴いているだけでしかないように。

「それでもあなたは、それが正しいと言うの？」

日南はただ、俺のなかの不誠実を、不誠実として突きつけていた。

「それは……」

お前の言っていることは屁理屈（へりくつ）だ、と言ってしまえば簡単だったかもしれない。

それだけで日南の質問を切って落として、勝ったような気分になれたのかもしれない。

だけど、俺みたいな小理屈っぽい人間は、小さい頃からその言葉を何度も投げつけられてきた。だから、知っていた。

それは、考えることをやめた人がほんとうのことから目を背けるために使われる、降参の言葉だ。

俺の言葉にあるのはただ、そうであってほしいという祈りであって。

きっと、ほんとうの意味での正しさなんてものは、存在していない。

「だって普通の人はみんな、欲しくてもそんなもの、手に入らないだろ……!?」

抗えない圧に押し出されるように喋りつづける俺のなかで、答えは全くまとまっていない。

俺がいま、日南の手を取るために必要なことは——

あいつに手を伸ばしてもらうために言うべき言葉は——

「そんなことしてもらえるのって、本当にみんなから必要とされてる人だけだから……!」

感情を、手探りで言葉に変えていく。

たしからしい根拠。仮面と本音。

希少性と勝利。承認と輝き。

「それで日南だって、嬉しかっただろ!?　心が動いただろ!?」

これが答えだと思っているわけではなかった。けれど思ったことを口に出していけば言葉が有機的につながって、新しいなにかを伝えることができるかもしれない。だって俺のなかにある、それを信じてもいいのだというこの感情だけは絶対に、本物なのだ。

「だったら……、心が動いたなら、それだけで……！」

一縷の望みに賭けるように、思いを声に変えていった。

だけど、飛び出す言葉には少しずつ、ただ焦り、説得するためだけの感情が混ざっていった。

「お前は、間違ってなんかないってことに……！」

だって俺は、言いながら今度こそ確信してしまっていたから。


――問いが求める答えの深度に、俺の言葉は至っていない。

もの寂しそうに目を細める日南の瞳は、広がる夜よりもずっと、深い黒を湛えている。

「……そう」

ため息混じりに言った日南は、ふいと俺から視線を外し、手を伸ばしても決して届くことのない、透明に澄んだ夜を見上げる。

瞬く無数の星。

そこには自ら光り輝く恒星と、その光を反射しないと輝けない惑星の、二種類があることを知っていた。

「あなたは理由がないものを、信じることができるのね」

頭のなかに、あの日足軽さんから突きつけられた、言葉が蘇ってくる。

弱い人間は、行動することに、変化することに。信じるための〝理由〟を必要とする。

理由なく自分を信じられる俺は、強キャラで。

すべての行動に理由を求めてしまう人間は――。

「日南は、信じられないのか？　自分のことを、自分の在り方の正しさを、理由なしでは」

普通なら。

つまり理由だとか論理だとかそんなものに、ほんの少しでも妥協を許せる、一般的な感性を持った人間なら。

数年間一緒の時間を過ごし、関係を築いてきた友人たちから、笑顔と、言葉を、思いと、感謝を。そのすべてを本気で、手間と時間をかけた行動によって示されたら。そこに本当の意味での理由なんてなくても、これまで費やした時間が肯定されるだろう。

少なくとも一時的にはそんな気持ちになれて、心に湧いたそれらしい高揚感を根拠に、自分の在り方を信じることができるだろう。

だけど。

「私は、だめだったの」

風が吹く。

ふわりとそよいだ髪の毛先が、日南の頬を撫でた。

「一位になれば正しくなれる。誰よりも優秀になれたら、みんなから求められる人になれたら、それが私を肯定してくれる、って思ってた」

どこか、祈りに近い言葉だった。

「けど……思い出したの」

日南は、柔らかく笑う。

「——私は、空っぽなんだって」

穏やかで密やかな声色は、月の光に似ていた。

「そのとき、嬉しいって気持ちになれるだけで。……そのとき、よかったって達成感を得られるだけで。いくら正しくても……私自身は、なんにも肯定されなかったの」

後ろ向きなのに、どこか清々しい表情で。

少なくとも俺は、敗北をこんなふうに語る日南葵のことを、見たことがなかった。

「私ね。無理やり、信じようとしてたんだと思う」

不器用に、口角が歪む。

「みんなから求められるってことが、私の価値になるわけじゃないって、わかってたのに」

俺は、この表情を知っていた。

だって俺も、何度も経験があったから。

「寂しさを忘れるために自分に嘘をついて——信じようとしてたんだ」

それは俺が本当に無力でしょうがないとき。

けれどそれを飲み込んで、卑屈に自分を折らないといけないときに、いつも浮かべていた表情——

「勝ちつづけることが正しい、っていう、偽物の物語を」

——自らの不誠実に気がついてしまった人間が浮かべる、敗北の笑顔だ。

「私は、弱キャラだから」

なにか、言わないといけない。

もう一度なにかを言って、やっとここまで出てきてくれた日南をこちらへ引き寄せる手伝いを、少しでもしないといけない。俺はそれが、それだけがしたかったのだから。

だけど。みんなが羨むほどに、すべてを手に入れて。

それでも自分を正しいと思えなかった日南の本質を、一体どんな言葉で肯定すればいい？

正しさでもない、承認でもない一体なにが、日南葵の空っぽを満たしてくれる？

走り出した思考の糸口は、どんな解決にもつながっていなくて。

先に言葉を継いだのは、日南だった。

「もしも、この世界で正しいことがあるんだとしたら——それは一つだけ」

なげうつように、世界の秘密を解き明かすように。

公理めいた端的な言葉を、ぽろりと零した。


「この世界には、ほんとうの意味で正しいことなんて、なにもない。

それだけが唯一、正しいことなの」


明らかに、矛盾していた。

自らの尾を食べる蛇のように、理屈が循環していて。

けれど——どこか確からしい響きを、持っていた。

「…………っ」

沈黙は少しずつ、着実に。俺と日南を遠ざけていく。

いや、ひょっとするとまた実の伴わないことを言って失望されてしまうよりは、いくらかマシだったのかもしれない。

返答を待つには十分すぎるほどの時間、日南はじっと俺を見つめて、やがて俺がなにも言えずにいると、

「────」

小さくなにかを言って、悲しく笑った。

漏れた言葉は俺より何歩も手前で落ちてしまったけれど、きっと俺に向けられていない、けれど俺のことを思った、失望の言葉だったのだろう。

俺はその自らの無力を証明しているかのような悲しい表情を、見ていることができなくて。

視線が、冷たいアスファルトの上に落ちてしまった。

「……それじゃ」

自分を世界から見捨てるような、弱々しい声。

ざり、ざり、というゆっくりとしたテンポは、焦りで速くなった俺の心拍数の半分にも満たない緩やかなスピードで、けれど確実に、俺から離れていった。

ぎぎ、と苦しい音を鳴らした蝶番が、建て付けの悪い戸をぴたんと閉めて、あっけなく俺と日南を別の空間へと区切ってしまう。

感情を支配していたのはただ──自分に対する嫌悪の念だ。

いま——日南はきっと、俺の言葉を待っていた。

俺たちはきっと、本当の言葉を交わせていたと思う。

自分の在り方に疑問を抱いて、きっとそのままでは辛いままなのだというところまでは共有できて。ひょっとすると日南のなかにそれを変える意志も、変えたいという願いも、少しは芽生えていたのかもしれない。自分を変えて、断絶を飛び越えて、色のついた世界に踏み出していいのかもしれない。そんな思いが芽生えていたようにも見えた。

けれど——そこには理由だけが足りなくて。

理由がないから、自分を信じることができなくて。

自分を信じることができないから、言いようのない寂しさから、逃れることができなくて。

だから、ほんの少しかもしれない。日本最強ゲーマーのnanashiが、それをどうにかしてくれることを、期待してくれていたのだ。

なのに。

俺は——なにも言えなかった。

紡いだら届いたかもしれない言葉を、届けることができなかった。

日南との関係を失いそうになって、日南に人生の楽しさを教えてやると誓ったあの日から、俺が一番、自分よりもなによりも変えたいと思っていたただ一つそれだけを、変えることができなかった。

本当にやりたいことを目の前に、俺は無力だったのだ。

這い上がるような思いで前を向くと、閉まったドアが立ち塞がっている。

足音はあんなにハッキリと聞こえたのに、その地面にも、ドアにも、日南がいた痕跡はほとんど残っていなくて。赤茶色の錆と、黒ずんだ金属の冷えた質感だけがただ、寂しくなった俺の心に映り込んでいた。

「……俺は」

一人立ち尽くす夜の下。

降り注ぐ星の光は、暖かくも冷たくもなく。

ただ変わらない現実として、俺のことを照らしていた。

2　新大陸に飛ばされると、パーティがばらばらな場所に着陸したりする

二週間後。

春休みを終えた俺は、自室の姿見の前でブレザーに袖を通していた。

あの大阪の日の夜のことを思いながら、すっかり習慣になった整髪を終えた髪の毛先に軽く触れる。あの日から春休みのほとんどの時間を無為に過ごしてしまった俺だけど、それでも気持ちの整理がついたなんてことは、あるはずがなかった。

部屋を出て、階段を降りて、玄関にしゃがみ込む。すっかり自分の形になったローファーに足を入れると、意味もなくふっと息を吐いた。

「……いってきます」

特に誰にかけているわけでもない言葉を呟くと、朝のなかへ飛び出していった。

東武アーバンパークラインから東岩槻駅を降りると、関友高校に向かう畦道を一人で歩く。

俺はこの一年弱のあいだ、本当にたくさんの変化をした。

きっと一年前の始業式の日、同じようにこの通学路を歩く俺の姿といまの俺を見比べたら、同一人物だと気がつかない人すらいると思う。姿勢が伸びて、髪の毛をセットして、表情に自

信がついて。けどそれはきっと、俺に起きた変化の本当に表面的な部分の話でしかない。

本当に変わったのは内面――いや、それよりもきっと、人との向き合い方だ。

リア充をリア充、陰キャを陰キャだとかひとまとめに考えていたあの頃(ころ)から、一人一人と向き合うようになって。たくさんの知らなかった感情を向けられて、誰(だれ)かに感情を返したり。もしくは返したくても、返すことができなかったり。それでも一つ一つの言葉や行動と誠実に向き合って、替えの利かない関係を紡(つむ)いできた。

生まれた関係が自分の考え方を変えて。

変わった考え方が行動を変えて。

変わった行動が、自分を取り巻く状況を次々と変えていって。

人生の色が丸ごと変わるくらいの変化が、俺の世界にはあった。

そして――その渦中にはいつも、日南(ひなみ)がいた。

大阪の夜空の下で日南と言葉を交わした後。俺はみんなのいたパーティルームへ戻り、泉(いずみ)たちと合流した。突然のことにみんなは戸惑(とまど)いの色を見せていたものの、そこに日南の姿はなくて。やがて旅行のグループLINEにこんなメッセージだけが届いた。

『――ごめん。ちょっと体調悪いから、先に寝てるね。うつすといけないから、別室とれないか聞いてみる』

そうして同室だった泉や菊池さんと別れ、日南は一人部屋で睡眠を取ったのだ。

日南は次の日も、朝からいつの間にか用意してきたマスクをつけて、帰りの新幹線までずっと、ほとんど誰とも喋らずに過ごした。それはたしかに体調が悪い人間の行動としては正しいものだったけど、そこで俺が思い出していたのは、俺が日南から最初に与えられた課題だった。マスクをして風邪をひいたふりをしながら、三人の女子と話す――いや、正確に言うならば思い出したのは、課題に添えられた〝保険〟のことだ。

『風邪だと思わせれば、上手く会話できなくても不審がられることはない』

それは――したくない会話を拒絶するのに、うってつけの言い訳だった。

「……進級、か」

つぶやいた声が、春の風にさらわれる。

周囲を見渡すと、同じ関友高校の制服を着た高校生が何人も歩いていた。

彼ら彼女らもまた、学年だけではない変化を、日々感じているのだろう。友達が変わり、趣味が変わり、考え方が変わり、目標が変わり。やがて、過去の自分のことなんて、順番に忘れ去っていって。

けど彼らは、一体どんな理由をもって、いまの自分に納得しているのだろうか。どんな理由を担保にして、自分の在り方を信じているのだろうか。

いや——本当はその答えなんて、わかっている。

ほとんどの人は、漠然と世界に流されて。

自分がほんとうに正しいのかなんてこと、考えすらしないのだ。

差し込む陽が、眠そうな目で歩いていく、いくつもの頰(ほお)を照らしていた。

きっと俺も含めて、どうして学校に向かっているのか、どうして友達を作ろうとしているのか、どうして今後仕事につくことになるのか。どんなふうに生きて、死んでいくべきなのか。

本気で考えたことのある人なんて、ほとんどいないだろう。

なんとなく、みんながそうしているから、それが常識だから。

そうしないとみんなから浮いてしまうから。

——考えなくてもなんとなく、ただ楽しいというだけで、自分が満たされていくから。

簡単に世界に迎合して、大きな流れに呑まれてしまうほうが楽で、充実できて。それで安定した生活を送れるから心配なんてなくて。いつの間にか刷り込まれた常識という価値観に行動を監視され、コントローラーをつながれているかのごとく、身体を動かされて。やがてそうした人の群れが一つの大きな流れを作り出していく。そういうふうに、この世界はできている。

けど。

ただあいつだけは。日南葵だけは。

すべてのことに、理由を求めていた。

自分の生きた証を足跡として残すように、歩んできた道筋に必然を刻んで。得た結果をすべて正しさに変えるという覚悟で、自分を満たしていって。

その正しさを糧に、自分を信じてきた。

だけど、そんな日南葵は、あの日。

自分の在り方がわからない、と漏らした。

何度もあのときのことを考えて、なにも言えなかったことを後悔した。寂しさを打ち明けてくれたということは、ただ本音を晒してくれただけではなく、助けを求めてくれていた、ということでもあると思う。

けれど、夏休みの決別のときにも感じた絶望を、俺はもう一度感じている。

俺はやっぱり日南葵の手を、握ることができなかったのだ。

「……俺は」

心が通じていなければ、一人であることと変わらない。

菊池さんとの関係で学んだ、大切なことだ。

けれど、だったらどこまで心が通じていて、どこまで互いに踏み込むことができていれば、二人でいるということになれるのだろうか。

言葉を重ねて、心を重ねて、それこそ唇や身体を重ねれば、二人でいるということになるのだろうか。

少なくとも、俺もあいつもまだ、一人のような気がしていた。

学校に到着すると、敷地内に張り出された大きな模造紙に、視線が吸い込まれる。近くには人だかりができていて、知っている顔や知らない顔が、一つの話題で持ちきりになっていた。張り出されていたのは、三年生からのクラス表だ。

「文也くん」

後ろから舞い落ちる花びらのような声で俺の下の名前が聞こえる。その呼び方で俺に声をかける人は、一人しかいない。

振り返ると、ふんわりと微笑む菊池さんがいた。ひらりと頬を撫でるような優しい笑みは俺に向けられていて。だったらそれは、きちんと受け取らないとな、と思う。

「菊池さん、おはよう」

「おはようございます」

気持ちを込めて挨拶を返すと、俺たちは自然と同じ方向へ視線を向ける。やがて、お互いにそれを確認すると、ちょっと照れくさくなりながらも、再び目を合わせた。

「三年生でも、よろしくお願いします」

「うん。……よろしく」

文系のクラスの欄には、二人の名前がともに書かれていた。関友高校は学力別にいくつかのコースに分かれている関係上、一つのコースにクラスは二つから三つほどしかなくて、俺たちが所属するコースは文系クラス、理系クラス、そして特進クラスの三つに分かれる。

事前に文系の通常コースに進むことを互いに伝えていたから驚きはないものの、こうして実際に同じクラスになっているのを見ると、出来レースながら安心する。とはいえ元々どちらも文系志望だったからそうなっただけで、もし違ったとしても、少なくとも俺が菊池さんに合わせることはなかっただろう。

それは間違っているでも正しいでもなく、きっと俺の業だ。

「そうだ……あの！」

俺が考えていると、菊池さんが意を決したように声をあげた。

「今日の放課後、少しだけ時間ありますか？」

「あるけど……どうしたの？」

「実は……報告したいことがあって」

「報告？」

なんの話なのか見当もつかないな、と思いながらも頷くと、菊池さんは自然に柔らかく笑う。

「ええっと、簡単に言うと——」

「うっす、文也。おはよ、風香ちゃん」

「おおう!?」

わりと秘密っぽい話をしていたところに割って入ってきたのは、俺と菊池さんに挨拶格差を付け、しれっと菊池さんのことを下の名前で呼びやがるチャラ男・水沢だ。俺は考えていたところに突然声がかかったので、めちゃくちゃ驚いてしまう。

菊池さんはそんな水沢の距離感にも少し慣れはじめたのか、戸惑いも見せずに「おはようございます」と返している。こんなのに慣れないでほしい。いや、慣らしている水沢が悪い。

「……水沢も文系か」

「だな。修二と竹井は理系いっちゃったけど」

こともなげに言う。

いままで全員同じクラスだった大阪旅行メンバーも、ずっと同じクラスで仲良しこよし、というわけにはいかない。それぞれの進路に向けて、違う道を進み始める最初の一歩が、クラス替えというわけだ。竹井、お前数学できるのか。

「まあ、みんな進路は違うからな」

「ん」

俺が言って、水沢が頷く。とか話しつつも俺はプロゲーマーを目指すと決めたわけだし、文系も理系もないわけではあるが。どちらかと言えば理系感はある。

少しずつ変わっていく環境。それはきっと気付かないうちにいろいろなものを変えていき、もとの形に戻れなくしていく。一緒に大阪旅行に行ったメンバーですら、三年からは違うクラスになり、これまでとは違う日常を送る。きっと新しいクラスで新しい人間関係を作って、そこでも新しい思い出を作っていくのだろう。

「あとはみみが同じ文系クラスで――」

俺の言葉を、水沢が引き継ぐ。

「たまと優鈴は理系クラス、か」

つまり、俺、菊池さん、水沢、みみみが文系。

理系には中村・泉・たまちゃん・竹井というわけだ。

そして――そこに唯一名前が出ていない存在。それが。

「……日南さんは特進クラス、ですね」

菊池さんが、ぼそりと言う。

「……だね」

ただそれだけの事実に、俺は暗いトーンで返事をしてしまう。

基本は選択通りに進むことになっているクラス分けの『基本』から、唯一外れたクラス。

それが特進クラスだ。

希望者のうち成績の上位二十名前後のみが入れる、関友高校による本気の進学コースで、特進クラスを望むものだけは、希望のとおりになるとは限らない。基本的にこの高校の輝かしい合格実績はこのクラスから輩出されていると言ってよくて、二十数名の精鋭たちに関友高校の未来が託されている。

時間割や校舎など、なにもかもが離れたところにあるサンクチュアリ——とまで言うと大げさだが、校舎が違うということは入る校門も違い、それに伴って通学路のルートも途中から違う。それが特別扱いに見えることから通常クラスからはヘイトを集めやすい、特殊な立ち位置のクラスだ。

「……あれから、連絡取れてないんですよね？」

菊池さんが一歩踏み込んで問うと、水沢は神妙に頷く。

「そうだな。俺は取れてないし、修二と竹井も同じって言ってた」

「俺も……一回も」

そう。

春休みの二週間の間——俺たちは誰一人として、日南と連絡を取れずにいた。

これまで『完璧』をこなしてきた日南の、わかりやすい変調。俺以外のみんなも、その意味の大きさはわかっているだろう。けど、おそらくどうしてそんなことになったのか、日南が一体どんな心境で、その答えを選んだのか。詳細はほとんどまったくと言っていいほど、理解できていないはずだ。

「そんなにまずかったか？　あのビデオレター」

「……どうなんでしょう。内容としては……変わった部分はなかったですけど」

水沢の問いに、菊池さんが首を傾げる。俺も考えるが、真相は俺にすらわからなかった。

「家族に触れられたこと自体が、いやだったのかな」

俺がぼそりと言うと、水沢と菊池さんは黙って俺を見た。

「まあ、家族のことって、なんでも話すやつと一切話さないやつに、きっぱり分かれたりするもんな」

「……なにか、事情があるのかもしれないですね」

相づちを打つ菊池さんはきっと、俺と同じことを考えているのだろう。

演劇のときの取材で知った、『もう一人の妹』の存在。俺はさらにその奥の真相を知っているけれど、知らずとも、昔いた妹がもういないというだけで、重要なところはほとんど想像がついてしまうだろう。

「事情……か」

俺は手探りに真相を探るように言うと、二人と一緒に教室へ向かった。

＊＊＊

「おっ、みんなお揃いですねえ」

ＨＲ前の教室。俺たち三人が始業までの間に教室の後ろあたりで集まって日南の話の続きをしていると、みみみが登校してきた。

「おっす」

「おはよ」

「お、おはようございます！」

挨拶(あいさつ)を返す俺たちに、みみみはいつもの軽いフットワークで乗り込んでくる。

「なんの話してたのー？」

「あー……」

無邪気な問いに俺が気まずそうに言葉を濁(にご)すと、みみみはすぐに察したのか、間を置かずに口を開いた。

「って、そりゃそうだよね！　……葵(あおい)の、ことだよね」

空気が暗くなりすぎないような軽い声色を作るみみみに、水沢が頷(うなず)く。

「文也(ふみや)も風香(ふうか)ちゃんも、連絡ないって」

「……ブレーンでもダメかあ」みみみは苦笑しながら言葉を続ける。「私にもずっと、連絡ないよ」

予想がついていたことではあったけど、ダメ押し的に告げられるみみみの言葉に、俺の心はまた少し暗くなってしまう。

「けど、ここまでいきなりっていうのは、想像してなかったな」

「……そう？」

眉をひそめる水沢に、みみみがきょとんと首を傾げた。

「ん？　だってさ、いままで全部トップを取って、完璧にやってきたわけだろ。ちょっと思うとおりにならないことがあってもさ、トータルでは余裕でプラスというか」

するとみみみは水沢をじっと見つめ返すと、ぼそりと言葉を落とす。

「んーとね、それって逆な気がする」

「……逆？」

「たぶんね、ずっと一番上にいたからこそ、なんだよ」

俺たち三人は視線をみみみに向けた。

「メンタルってね、足し算とか引き算で決まるんじゃなくて、シーソーなんですよ！」

「シーソー、ですか？」

菊池さんはきょとんと、みみみを見ている。

「うん。なんかね、病むときって基本、一人のときでしょ？」

「あ、それは……わかるような気がします」

菊池さんがなにか思い出したような口調で言う。すごく実感の伴った口調だけどなにかそういう経験とかがあったんですかね。っていうかもしかして、俺がめちゃくちゃ心配をかけてしまったときのこととかですかね。だとしたら改めてその節は誠に申し訳ありませんでした。

けどたしかに、みんなでいるときにめちゃくちゃ落ち込んでいる人、というイメージがあま

り湧かないのは俺でもわかる。

「自分のなかのメンタルのシーソーが、すっごくバランス悪くなる感じって言うのかな？　みんなといるときは元気なぶん、一人だと落差がすごくて、心のなかのシーソーが――」

するとみみは俺の肩に両手を置いて、

「がっくん!!」

「おおう!?」

大声とともに、俺に思いっきり体重をかける。完全に油断していたのでほとんど転ぶくらいのところまで体勢を崩してしまった。

「……って、上下に思いっきり振動してるんだよね」

「おい、俺でやるな」

言いながらも俺はちらり、と菊池さんのほうへ視線をやった。いまのって、菊池さんとしてはどういうふうに映るんだろう……。しかし安心、菊池さんも俺の様子を見てくすくすと笑ってくれていた。

「――っとー、ごめん！　それでね！」

俺の視線に気がついたのか、みみみが慌てたように急いで俺の肩から手を離す。まあたしかに、もしもいま菊池さんが渋い表情をしていたら、なんというかよくない行動ではあったもんな。人生ってこういう細かいところで難しいミニイベントが多すぎるぜ。

「寂しいところからまた嬉しいことが起きたりすると、今度は逆にがっくん！　って、嬉しい方に突き上げられて。上にがっくん、下にがっくんをずっと繰り返してると、……どんどん些細なことでも、一番上から下まで振り回されるようになっちゃうんだよね」

「ま、わかるぞ。感情がジェットコースターみたいになるんだろ？」

「おっ。言い得て妙ですねぇ」

「水沢は体験談っていうか、体験させた談って感じだな……」

すると水沢はなにも言わずにっと笑みだけ浮かべた。それはどういう意味の笑みなんですかね。

「でも、そうやってるとさ。次のがっくん、が起こる前からずっと、今度はいつだろうって身構えてる、みたいな気持ちになってたりして」

「はい……そうですよね……！　そうなんですよね……！」

「わかってくれる!?」

菊池さんはかなり力強くうんうんと頷いていて、俺は推測からくる罪悪感に苛まれている。

すまねえ、すまねえ……。

「私ってたぶん、自分のスペックに自信がないわけじゃないんだ。……実は結構かわいい方だって思ってるし、スタイルだって悪くないし、勉強も運動もできるし、人と話すのだって、結構得意で……あれ？」

大げさに指折り数えながら言うと、みみみははっと気付いたように目を見開く。

「私って、もしかして無敵……？」

「おい」

俺がめざとく突っ込むと、みみみがふっと軽く笑って、前を向いた。

「けどさ」

不意に。

みみみは慣れたように、ため息をついた。

「周りに振り回されてるからなのかなあ？」

流れる血液を透かすように、みみみはその手を蛍光灯へ伸ばす。

「……『私』そのもの、には、自信がないんですよねぇ」

後ろ向きな言葉には、どこか清々(すがすが)しさも滲(にじ)んでいて。それは弱い自分を受け入れたが故なのか、それともあきらめたが故なのか。俺にはわからない。

けど、たしかにみみみの言うこともわかる気がした。

俺は比較的精神が安定してる方だと思うし、自分の基準で人生を生きている方だと思う。けど、それでも夏休みの日南(ひなみ)との決別や、菊池(きくち)さんとの件で自暴自棄になったとき、俺の心は底まで落ちていた。そのときにもらった言葉が劇的に自分を救ってくれて、その経験が深く心に刻まれたり、暗いところにいたときに差し込まれた光は眩(まぶ)しいくらいに明るく感じる、という感覚はわかった。

それが何度も繰り返し起きているのだとしたら、無意識に自分の行動の基準がそこに置かれるようになる、というのは、納得できる話だろう。

「私そのもの、ですか……」

菊池さんが、ゆっくりと言葉を繰り返す。

みみみの話は、俺が思う日南像とも一致していた。

あれだけすべてを持っていて。けれどその実、それらはすべて自分ではなく、世間を基準とした正しさで作られていて。ただ他者から評価されるということだけを積み重ねた、ハリボテの鎧だった。

虚飾の鎧はきっと、日南そのものになってくれてはいない。

「自己肯定感……ってことですよね」

菊池さんが嚙みしめるようにみみみの言葉を言い換えると、水沢も頷いた。インターネットでよく聞く言葉なので俺もとても理解できる。

「まあたしかにそれって、生きる上でめちゃくちゃ大事な問題だよな」

「うん。大事も大事、一大事ですよ！」

勢いよく言ったあと、みみみはどこか自省するように、

「たぶん葵もさ、誰もが認める結果を出して、それを自分の価値だって信じたくて。そうやっ

て毎日騙し騙し、笑顔を作ってたんだよ」

みみみは共感するような、笑顔を浮かべる。

「自分を信じられる、理由が欲しくて」

不意に俺は、驚いてしまう。

『自分を信じられる理由』。

その言葉が俺が辿り着いていた結論と、そして日南と交わした言葉と。高い精度で一致していたからだ。

やがてみみみは、空気が支配する教室という空間を見回しながら、目を細めた。

「でもね。一個わからないことがあって」

「わからないこと？」

水沢の返しに、みみみはゆっくりと頷く。

「――もし私が葵の立場だったら、もうとっくに、救われてると思うんだ」

「救われてる……ですか？」

菊池さんはじっと、みみみの口元を見つめていた。

「だって、すごいじゃん。あんなふうになんでも一番を取って、結果も数字も出しまくりで、みんなからお祝いもされて。もし私だったら、私こそが世界の中心！　って、調子乗っちゃうもん、絶対」

「まあ、あれで満足しないなら、二刀流でメジャーを制覇でもしないと満足できないよな」

冗談めかして水沢も言う。

たしかに日南は、十分な結果を出している。自分の正しさを証明したい、というだけの動機なら、これ以上ないくらいに目標は達成されているはずだった。

にもかかわらず日南葵は自分という個人を超えて、そのコントローラーを俺というキャラクターに差し換えてまで、その正しさを証明しようとした。

それはあまりにも極端で。

「葵には……まだ足りないんだもんね」

みみみは遠くを見るように、目を細めた。

自分がいままで積み重ねてきた圧倒的な結果すら。

周囲の人から向けられる眩しい笑顔と、本心からの感謝すら。

そして——俺を媒介してゼロから再現してみせた、正しさの証明すら。

絶え間なく与えられてきた巨大な承認でも、あいつの空っぽを満たすには、至らなかった。

「たしかに、難しいよね」

みみみは、眉をひそめながら言う。

「全部を手に入れてもまだ満足できない人ってさ。どうやったら救われるんだろうね」

思わず、俺は考え込んでしまう。

——きっとそれこそが、日南葵の抱える業なのだ。

「文也はさ」

不意に、水沢が切れ味よく俺の名前を呼ぶ。

「うん？」

「あのとき、葵となにを話してたんだ？」

なんでもない調子で放たれた言葉だったけれど、内容は核心を突くようなもので。ぴくりと、菊池さんの首も動いた。

あのとき、というのがいつを指しているのかは、確認するまでもないだろう。

「……そう、だな」

大阪の夜の空の下。

日南が話した内面の話は間違いなく、俺だから話してもらえたことで。

きっと、他の人に話が漏れることを、想定していないものだ。

だけど。

「——無理に、信じようとしてた、って」

真っ直ぐ、本質の部分を簡潔に伝えた。

「みんなから求められて、勝ちつづけることが正しいって、無理に信じようとしてたけど……それは間違ってた、って」

思ったのだ。

この三人には、話してもいいんじゃないか、と。

「自分は……偽物の物語を、信じてしまってたんだ、って」

「偽物の、物語……」

菊池さんが嚙みしめるように言葉を繰り返すと、みみみも首を傾げた。

「なにそれ？　どういう意味なんだろう？」

「……俺も、詳しい意味までは」

「——俺はちょっと、わかる気がするな」

不意に、水沢が言葉を挟む。

「わかる？」

俺が聞き返すと、

「たぶん、俺も同類だからさ」

水沢は真剣なトーンで、けれどどこか、しれっと当然のように、

「ほら、俺って口では美容師志望とか言ってるけど、実際はそんな気はなかったっつーか」

「そーなの!?」

みみみが大げさに驚くが、俺は前にそのことは聞いていたので、場に溶け込むように小さく頷いておく。

「じゃあ、特になりたくなかったってことですか……?」

菊池さんがやや踏み込み気味に問うと、水沢はにっと口角を上げながら答える。

「興味なくはなかったけど……単純に、美容師になるなんて積極的な夢を、追いかけられるだけの理由がなかったんだよな。っていうか本当のところ、俺は自分がなりたいものなんてないんだよ」

なりたいものがない。

それは夏休みの花火大会のあと決別の日。日南が言っていたことに似ている気がした。

「たぶん俺はさ、それなりに勉強して、早慶とかそこらに入って、まあ俺ってそこそこに器用だから、大学でもなんだかんだ上手くやってさ」

現実味のある言葉運びには、退屈さが滲んでいて。

「そこそこなとこに就職して、上手いことまあまあな美人と結婚してそれなりに楽しんで、平均寿命ちょい増しくらいで、それなりに満足して死んでいくんだろうな〜って。そんなふうな〝正しい〟人生を送るのが、自分の幸せだって信じてるんだよ」

「あはは。タカヒロたしかにそうなりそう」

「まあそれもひょっとしたら、みんなからは上手く生きてるとか羨ましいとか、言ってもらえる人生だと思うんだけどさ」

そして水沢は、どこか聞き覚えのある言葉を落とした。

「けどこれって、なにも選んでないのと一緒なんだよ。……だよな？　文也」

「……そうだな」

突然のフリだったけど、俺はすぐに頷くことができた。だってそれはいつか、水沢が俺に投げかけてきた告発と同じだ。

ただ手のひらからこぼれ落ちている砂を見ているだけだったら、なにも選んでいないのと変わらない。

あの言葉は、自分自身に向けても放たれていたものだったのだろうか。

「だからそんなの、ぜんぜん本物なんかじゃなくてさ。熱狂できる熱なんて、まったくなくて、だからそんな人生、本気で信じられるわけなんかなくて。なのに俺はたぶんずっと、信じられてないってことからすら、目を背けてたんだよ」

「……本物」

「……って、なんかマジっぽいこと話しちゃったな？　はは」

「タカヒロ……」

照れを隠すように言う水沢を、みみみが意外そうに見ていた。

「だから……葵も、そうなんじゃないかなって思ったんだよ」

熱のこもった言葉は、俺にも理解できる気がした。

「選んでるようで、なにも選べてない。信じてたつもりでただ、流されてただけ」

水沢は断定するように、にっと口角を上げた。

「——偽物の物語。わかんないけど、そういうことが言いたかったような気がするな」

＊＊＊

「やっぱり、来てないんだ……」

その日の放課後。学食でみみみが泉の話に相槌を打っている。

俺たちは理系クラスに行ってしまったメンバーとも再び集合して学食に集まり、それぞれの情報を交換していた。

学食奥の大きいソファー席には俺と水沢、菊池さんとみみみという文系クラスの面々が座っていて、向かいには理系メンバーの中村、泉、竹井、たまちゃんが集まっている。

つまり、日南以外の大阪旅行メンバーが全員集まった形だ。

「それに……生徒会の仕事も全然引き継げてないらしくて」

「それは……葵らしくないな」

泉の話す悪い知らせに、水沢も表情をしかめた。

「ほら、うちの学校って、毎年いろんな道のプロの人とかを呼んで、進路について話を聞く、みたいなのやってるでしょ？」

「あ！　やってるよね！　進路研究会だっけ？」

みみみの言葉に、「それ！」と泉が答える。

我らが関友高校では、ゲストで呼んだ大人のありがたい話を聞いて、働くということについて見識を深める、みたいな誰得の会が毎年開かれている。それを誰が聞きたいんだみたいなところはあるけれど、まあ進学校あるあるみたいなものだろう。

「たしか去年は……」というみみみの言葉に、

「地元出身の演歌歌手の人が来てたよね」

たまちゃんが答えると、あー……と、場が漠然と盛り下がる。そのときの体育館の絶妙にふわふわした空気みたいなものが頭に蘇ってきたからだろう。

たしかプロとしての心得みたいなものを聞かされたあとに一曲地元をテーマにした演歌を歌う、みたいなかなり厳しい会が催されていた。高校生に聞かせるにしてはＢＰＭが低すぎたし、こぶしが効きすぎていたように思う。

泉は困ったように眉を八の字にすると、

「でね？　その会って、生徒会が仕切ってやってるらしいんだけど……急に葵が会議に出られなくなっちゃって、いますごい困ってるんだって」

「それは良くないよなぁ!?」

ざっくりと、状況が読めてきた。

「もともと葵が中心で進めてたから、引き継がせてもらうまで進めようがないらしくて……」

ただ学校を欠席しているだけではなく、仕事の引き継ぎすら行われていない、というのは、かなり大きな問題に思えた。間違いなく生徒会側も日南に連絡を取ろうとはしてるだろうから、それができないというのはつまり、俺たちからの連絡だけじゃなく、日南はいま生徒会からの業務連絡すら、ろくに返事をしていないということになる。

それが事実なら──やはりいままでの日南では、絶対に考えられない行動だ。

「だからさ、私たちでもなにかできないかなって」

懸命な泉の提案に、ほとんど間を置かずに返事をしたのは──

「わりい、俺はパス」

話しはじめたときからずっと、憮然とした態度を貫いている中村だった。

「パスって……修二？」

泉が縋るように言う。

「どう考えても、俺らがそこまでする必要ねーだろ」

「必要ないって……なんで」

泉が聞くと、中村はめんどくさそうに、しかし敵意を隠さずに。

「あんな言われ方して、しかもあっちが連絡も無視してんだろ。だったら俺たちのほうから歩み寄る必要なんかねーってだけ」

「……それは」

そう言われると泉も、なんと返せばいいのかわからないのだろう。

事情もわからず、その事情を話してもらえるでもなく、ただ拒絶されて。たしかに先に踏み込んだのはこっちではあるけれど、その反動としてはあまりに大きいしっぺ返しだった。特に言葉の刃を直接向けられた中村は、納得できない部分があっても無理はない。

泉はしゅんと俯いてしまうと、きゅっとスカートの裾を握った。

「まあまあ、けど考えてみようぜ、修二」

そよぐ柳のように、水沢がさらりと言葉を挟む。

「葵があんなことになるのって、珍しい……ってか初めてだろ。きっと葵にも、なんか事情があるんじゃないか？」

「そーだよなかむー！　私たちの友情はこんなことくらいでは壊れない！」

「鉄壁だよなぁ!?」

みみみと竹井も応戦して、三人がじっと中村を見る。

「まあ、そうだな。俺もこんなことで壊れるもんだとは思ってねーよ」

「なかむー！」

「けどな」

中村は一瞬目を伏せ、不満げに息を吐くと、

「……勝手にビデオレター撮りにいったくらいでその友情を壊そうとしてるやつが、いるってだけなんだよ」

「けどさ修二、もとはと言えばこれって私のせいで――」

「――『私のせい』、ね」

泉の言葉に中村が眉間にしわを寄せ、威嚇的に言った。

「だからパスだって、言ったんだよ」

そして泉に、強い視線をぶつける。

「お前にそんなふうに思わせてる、って時点で、俺は協力できねえから」

言い切ると、中村は食べ終わったお盆を持って、席から立ち上がる。

「ちょっ!?　待つよなぁ～!?」

その後ろを慌ててついていったのは竹井で、泉はそんな二人の後ろ姿を見ながら、視線を迷わせている。

「……ごめん、みんな」

やがて決意したように言うと、

「私、修二を追いかけないと。……じゃあね！」

そうして小走りで、中村のもとへと歩み寄っていった。

三人が去っていったあとの俺たちは、どこか置いていかれたような気持ちになっていて。

いつも余裕を見せてくれる水沢も、悩ましい表情で頬をかいていた。

「うーん、うまくいかないねえ」

「……そうだな」

そうして文理選択だけでなく、どこか気持ちまで散り散りになってしまった俺たちは、残ったメンバーで顔を見合わせながらも、けれど誰も上手く、笑顔を作ることはできなくて。

「まあ、とりあえず……今日のところは解散するか」

水沢の一言によって、その場は解散となるのだった。

＊＊＊

小一時間後。

俺は大宮の喫茶店で、菊池さんと向かい合って座っていた。

「それで……報告っていうのは？」

朝言われてから気になっていた菊池さんの報告。それを聞けるとあって、俺はレモンティーを飲みながらも若干うきうき、若干緊張している。

菊池さんはちょっと言いづらそうにしながらも、遠慮気味な所作でポケットに手を入れた。

「えっと……実は、これなんですけど」

菊池さんが差し出したのはスマートフォンで、表示されていたのは一通のメールだ。

「え……」

受け取ってその文面を少し読んだ時点で、俺は小さく声をあげてしまう。

メールの差出人は、『小文社』を名乗る出版社だった。

「突然の連絡失礼いたします、小文社の羽本と申します……」

俺は菊池さんの窺うような視線を感じながら、その文面を読み上げていく。そのメールは菊池さんが少し前からインターネットの小説投稿サイトにアップロードしはじめた『純混血とアイスクリーム』を読んだことなどを丁寧な文面で説明しながら、こんなふうに展開していった。

「……つきましては――当該作品を弊社から書籍化いたしますことを前提に、一度お話を……って、えええ⁉︎」

大きな声を上げてしまう。

「メールアドレスのドメインは……うん、ちゃんとしてる」

インターネットガチ勢として最低限の情報の仕分けとして、メールアドレスがちゃんと公式のドメインになっているのかを確認しつつ、俺はその文面を嚙みしめる。

流れるようにブラウザでそのドメインのホームページを確認してみると、まあ大手とは言えない新興の出版社ではあったものの、月に数冊のペースで出版を続けているようで、おかしな会社というわけではなさそうだった。ファクトチェック、オッケーです。

「おお、毎月ちゃんと本、出してるね」

「そ、そうなんですね……？」

日南の件で常にどこか心がそわそわしてしまっていた俺だったけど、いまはこの事実に心惹かれていて。

「やった！」

自然と、喜びの声が漏れた。

自分のことのように、嬉しかった。

「すごいじゃん！　プロになれるかもしれない！」

「あ、ええと、その……でも……」

菊池さんはなにやら謙遜っぽく、言葉をもごもごさせる。

「でもじゃないよ、だって、これってさ！」

だから俺は、自信をつけるように言ってやる。

「夢が叶う、ってことじゃん！」

自分のアカウントのbio欄に小説家志望と載せて、そのために小説を書いてきて。前に進んでいた菊池さんの夢がいま、叶おうとしている。

目を見開いた菊池さんは、やがて実感したように頬を緩ませた。

「そ、そう……ですよね！」

やっと自分を肯定できたように。

「いいね！　すごいなあ、高校生作家かあ」

「い、いいえ、まだ出版が決まったわけでもないので……」

話していると、また実感が濃くなっていく。いや、自分のことでもないことに、実感もくそもないわけだが。

しかしどうしてだろう、菊池さんの表情は、どこか仄暗かった。

「……どうかした？」

尋ねると、菊池さんはやっぱり、というふうに頷いて、

「私、このメールを見たとき、嬉しかったんです。……けど」

菊池さんは思い出すように。

「書籍化するなら、作品のクオリティを更に上げないといけないじゃないですか」

「うん」

「そのためには……キャラクターのことを、もっと考えなくちゃいけないから……」

「……それって」

この段階で俺は、菊池さんがなにを言いたいのかを察していた。

小説『純混血とアイスクリーム』。

菊池さんはそれを書いた理由を以前、こう説明していた。

『演劇の脚本では、クリス以外のキャラクターを描き切れなかったから』

クリス以外、とは迂遠な言い方だけれど、意味していることは深読みするまでもない。

アルシアの本当の姿、だ。

『私の知らない飛び方』では描ききれなかったもう一人のキャラクターを描くために、同名キャラクターのアルシアを主人公に据えた作品。それが『純混血とアイスクリーム』だった。

俺はあの物語がなければひょっとすると、日南がどうして俺の人生攻略に協力してくれたのか。その答えもわからなかったかもしれない。

血を持たない『無血』の少女が純混血の少年に、純血から吸収した知恵を授けてアカデミーを処世させ、その成功によって自らの考えの正しさを証明していく。

証明によって自分の空っぽを満たしていくというアルシアの心理描写が、日南がこだわっていた『キャラ変』という言葉の理解へと繋がり、人生攻略の真実に辿り着くことができた。

その意味で『純混血とアイスクリーム』は、俺が知っている以上にこの現実という世界のキャラクターを映し出している、魔法の鏡のような小説だった。

「現実にたくさんの人の手を借りて出版する、ってなったら、適当なものを書くわけにはいかないじゃないですか。中途半端で終わらせるわけには、いかないじゃないですか」

「……そうだね」

「けど……今の日南さんが置かれてる状態って、具体的なことはわからないですけど、やっぱりすっごく、不安定なものである気がしてて……」

「……そう、だと思う」

菊池さんは、迷いを隠さずに、言葉に変えていく。

「私はもう……同じことを繰り返してはいけないんです」

文化祭の演劇。

菊池さんがアルシアに——いや、日南葵に言わせた、いくつものセリフ。

「日南さんの過去を取材して、それで……芯があると思った部分を、日南さんに実際にセリフとして言わせてしまって……」

たしかにアルシアが放ったいくつかのセリフは、ほとんど日南葵が言っているかのように、俺には届いていた。

「それなのに私は、それを安易な結末でしか、光を差すことができなくて」

菊池さんは、間違えた過去を後悔するように、言う。

「あのときの私はきっと、人間としても……物語を書く人としても、あまりにも未熟だったんです」

悲しさからだろうか、それとも悔しさからだろうか。菊池さんは珍しく眉をひそめた。

「私は物語で人を傷つけてしまった。なのに、描いた闇を解決するための展開を、アイデアを、理由を。つまり――言葉を。生み出すことができなかったんです。広げた風呂敷を、畳みきることができなかったんです」

並べられた言葉は道徳に反してしまったことよりも、むしろ自らの能力を恥じているようでもあって。ある意味それは、創作者としての反省であるようにも聞こえた。

「……私はあの物語を書いていて一つだけ、わからないことがあったんです」

「……わからないこと?」

俺が尋ねると、菊池さんは頷く。

「――動機、です」

言われてすぐ、それが指しているものがなんなのかわかった。だってそれは、菊池さんが『私の知らない飛び方』を書く上で、もしくは『純混血のアイスクリーム』を書く上で。

いや、それよりも前からずっと。

しつこいくらいに、気にしつづけていたことだから。

「日南の動機……ってことだよね」

菊池さんは頷く。

「私は……キャラクターの動機。そのことだけをずっと考えて、物語を書いてきたので」

蓄積を感じるトーンで言う。

たしかに俺がいままで見てきた限り、もしくは読んできた限り。菊池さんの描く世界には、その美学が貫かれていた。

みみみと日南が生徒会選挙で争っていたときから二人が努力に向き合う『動機』を気にしていたし、球技大会で紺野エリカをやる気にさせるときにも、紺野や神前たちの行動の動機を、いくつも言葉に変えて教えてくれた。

たまちゃんがクラスから嫌がらせを受けて、立ち回り方に悩んでいたときも、人に興味を持てないたまちゃんのためにクラスを物語に喩えて、各キャラクターの動機を語り聞かせてくれた。

菊池さんは俺たちが住むこの世界という物語を観測し、そこにいるキャラクターたちの動機を考え抜き、言語化し、そして自らの物語にその思考を反映させていた。俺たちというキャラクターを頭のなかの物語で動かし、その構造を分析していたのだ。

それはまさに、この世界を俯瞰する小説家というべき視点で。

徹底した分析と、それを言葉に変えてみせるという執心があったからこそ、文化祭の演劇はみんなの心に刺さったのだろうし、初めてインターネットに載せた小説でいきなり書籍化、なんて話にまで発展しているのだろう。

けれど、そんな菊池さんですら、未だその全容を摑めていない相手がいる。

「ずっと、気にしてたもんね。……特に、日南の動機を」


この世界という物語のなかで、唯一動機が明かされていないキャラクター。

それが、日南葵だ。


「……日南さんのことだけはまだ、わからないんです」

考えつづけても届かない、唯一の例外。

誰にも心を開かず、頑なに扉を閉ざしつづけるブラックボックス。

物語を完成させるには——菊池さんが描く、この世界とリンクした物語にけじめをつけるには本来、その魔王と向き合う必要があるのだろう。

「そういうことか……」

魔法の鏡のような小説である『純混血とアイスクリーム』。

日南に関わることができなくなってしまった状況においては、その魔法のような性質が、ある意味で仇となっている。

なにせこの作品は、日南が主人公なのだから。

「……他に、実は書いてた作品とかあったりしないの？　ほら、意外と編集さんも気に入ってくれるかも」

言いながらも、ひどく浅いことを提案してしまっているな、とすぐに自覚した。

『私の知らない飛び方』と『純混血とアイスクリーム』は、ただでさえ身の回りの世界を物語に反映していく菊池さんが、日南葵や俺、もしくは自分自身などについて掘り起こし、取材までして暴き出した答えを血肉としてキャラクターに込めたからこそ、輝きを得た物語だ。

それを別の物語で代替したところで、同じ輝きを得られるはずもない。

菊池さんは、やがて決意したように口を開く。

「……少しだけ、待ってもらえないか、聞いてみます」

「編集者さんに？」

菊池さんは頷く。

「もし間に合わなかったら、そのときは——別の作品を、また書いてみます」

菊池さんは、にこり、と笑顔を作ってみせた。

「けど……それじゃあこのチャンスは……」

こうして長編としてはほとんど処女作と言っていい作品がプロの編集者の目にとまり、出版までトントン拍子で話が進む。こんな都合のいいこと、そう高い確率で起こることではないだろう。もちろん菊池さんの実力が前提ではあるだろうけど、そこに運やタイミングも重なったからこそ起きた、幸運でもあるはずだった。

少なくとも、次もまた簡単に同じ機会が巡ってくるほど、この人生というゲームは甘くないことを、俺は知っていた。

気まずさを誤魔化すように口に運ばれた菊池さんのカップには、もう紅茶は入っていなくて。

「そのときは……私の実力が、試されますね！」

前向きな言葉を並べる菊池さんの笑顔は、どこか弱々しかった。

3　呪い状態にかける蘇生呪文は、即死効果に変わってしまう

数日後の夕方。

俺は住宅街の路地に一人、立っていた。

視線を上げた俺の目の前にそびえ立つこの建物は——なにを隠そう日南葵の住む家で。

つまり俺はめちゃくちゃ単純に言って、日南のことを待ち伏せしていた。

「……よし」

菊池さんの夢のこと。日南の異変のこと。きっとそのどちらを解決するためにも、俺はあいつと対話する必要があって。だからといって待ち伏せなんて原始的で泥臭すぎるマナー違反な行為をしている自分が、自分で意外だった。だってこんなの相手が他人なら捕まってる——というか、相手が日南でも向こうの出方によっては余裕で有罪になるとんでもない越権行為だ。なのに俺がそれを選ぶのは、日南のことを少なくとも『他人』とは思っていないからだろう、ということまではわかる。

待ち伏せなんかせずに素直にピンポンを押せよ、と思われるかもしれないけど、恐らくそんなことをしても日南は出てこないし、むしろ俺が来ているということを知らせてしまうという意味では愚策とすら言える。NO NAMEに通用するのは、いつだって想定外の一撃なのだ。

そんなわけで覚悟が決まってしまっている俺は、こんな薄暗い時間に住宅街に立ち止まって何事？　みたいな近隣住民の視線を、近くの自販機でジュースを選ぶふりをしてやり過ごすなどしながら、ただやりたいことのためにここで待っていた。

「……不味」

張り込みと言えばブラックコーヒーでしょ、みたいな憧れを体現した結果すごく飲み慣れないものを飲むことになってしまっているが、俺の呟きはもちろん誰にも届かず地に落ちる。

なにも進展のないまま、苦い時間が溶けていった。

西から差す最後のあかね色がついに消えて、夜が降りてくる。かれこれ小一時間はここに突っ立っているだろうか。春の夜とはいえ、身体もいくぶん冷えてきた。日南がこの建物の中にいるのか外にいるのかすらわからない途方もなさが、感じる時間を現実以上に引き延ばしている。すぱっ、と投げた空き缶が見事にゴミ箱の丸い影に吸い込まれ、げらんげらんと高い声で鳴きながら、底へ落ちていった。

陽が完全に落ちる。暗くなって、通る人の顔が見えづらい。横切る人影の一つ一つを注視してしまい、知らない人と目が合ったときにどうすればいいのか困ってとりあえず目を逸らす、なんて怪しすぎる行動を何度も繰り返していると、俺は変質者なのではないかとどんどん心細くなってくる。冷静に考えたら日南に対して無許可なわけだし、実際に変質者であるという可能性もある。日南に会ったときになにを話そうかは考えていない。けど、自分と日南だからこそ、nanashiとNO NAMEだからこそ話せることがあるはずだと思っていた。

にしても果たして今日のうちに捕まるのだろうか、そろそろ足の疲れも限界だな、と近くの塀に体重を預けた——そのとき。

「——っ！」

俺が探していた、見たことのある表情がそこを通った。

暗くなった道を一人で歩く黒髪の少女の影は、薄暗い影の向こうながらもまさしく、俺が見慣れた日南葵の面影と重なるもので。

「ちょ、ちょっと……！」

俺は思わず駆け出し、その人に声をかける。

きょとん、と俺を見るその表情にはやっぱり、俺が捜していた人の影——を、そのまま小さくしたような雰囲気があって。

「ひ、日南……」

つまり、その捜し人によく似た人物を、俺は見たことがあった。

「日南——葵の、妹さんですか？」

＊＊＊

「えーと、どうも。葵さんの友達の、友崎です」

「そ、それは、姉がいつもお世話になっています……！」

言いながらぺこり、と頭を下げる日南葵の妹、もとい——

「も、申し遅れました……！　私お姉ちゃんの妹の、遥っていいます！　中学三年生で……好きな食べ物はチー……」

「えーと、遥ちゃん、ね」

やたらとわたわたして謎の自己紹介をしようとする遥ちゃんをリードするために、俺はがんばってしれっと名前にちゃん付け呼びをする。あと遮っちゃったけどこの子、姉と同じもの好きっぽいな。

けど、そうだよな。なぜかその可能性を考えていなかったけど、日南の家の前なんだからそりゃ日南の家族ともエンカウントするんだよな。というか家族の構成人数を考えたらむしろそっちの方が可能性は高いわけだし、ゲーマーとしてこんな簡単な期待値すら計算できていなかった自分が恥ずかしい。

「は、はい！　よろしくお願いします……！」

緊張しながら元気よく、大げさにお辞儀する遥ちゃんを横目に、考える。

遥ちゃんの顔は二度、見たことがあった。

一度は北与野のイタリアンで菊池さんと一緒の時間を過ごしていたとき、偶然日南一家と出くわした日。

そして、もう一度は――。

「こちらこそ……あと、ビデオレターありがとう」

おそらく日南に本格的な変調をきたすきっかけになった、ビデオレター。

そこに、遥ちゃんは映っていた。

「いえいえ、こちらこそ！　姉の誕生日を祝ってくれて、ありがとうございます！」

「いやいや、俺も普段からお世話になってるから……」

「いえいえ、本当に……」

「いやいや、そんなこと……」

と、一通り初対面の『姉の友人』『友人の妹』という関係性において最初に交わすべき必須クエストみたいな挨拶を交わし終えると、一瞬だけ沈黙の間が流れる。窺うように俺を見る遥ちゃんの視線にはとても気まずそうな色が見えて、これは年上として俺が引っ張ってやらねばなるまい、と心のなかの使命感が燃えはじめた。

「えーと……」

しかし、バイトのときのぐみちゃんと、アタファミのオフ会くらいでしかクラスメイト以外と新しい関係を築いた経験がないから、こういうときに話すべき話題の正解がわからず、俺はわたわたとしてしまう。

どうした、俺はもう初対面でその目つきだけで陰キャ扱いされる立ち振る舞いからは卒業したはずだぞ、と自分を鼓舞しながら言葉を練っていると、不意に遥ちゃんが、不審がるような表情で俺を見た。

「あのー……友崎さん」

「う、うん？」

そして姉の面影を感じる表情で眉をひそめると、怪訝そうな口調で。

「……どうして、うちの前に？」

「うん、そうなるよね」

当然の話だった。どうやら旅行先で誕生日を祝うくらいには仲が良いらしいぞ、と聞いてはいても、ただのクラスメイトが、しかも異性のそれが家の前で待ち伏せをしていた、となったら警戒もするだろう。日南葵が学校でモテモテの大人気であることは恐らく周知なわけだからな。

「……ん？」

ふと気づくと、遥ちゃんは中学のスクールバッグについている長方形で角が丸い灰色のストラップのようなものを、さりげなく握っている。なんか見たことあるな、と思ってまじまじ見てみると、俺はそれを思い出した。あれ、防犯ブザーだわ。

「あのー……ほらなんていうかさ……」

「は、はい」

俺の言い訳が始まると遥(はるか)ちゃんは一歩後ろに下がって、防犯ブザーを握る手の力を強める。これってあれですよね、あのまま強く引き抜いたら発動、けたたましい音とともに俺の有罪が確定するって段取りですよね。絶対にそうなるわけにはいかない。この第一声、ここでなにを言うかが、俺が日南葵(ひなみあおい)と同じクラスだった友人になるか、それとも同じクラスだったと言い張る変質者になるかを決める、重要な分岐点になるだろう。

こうして回答に迷っている間にも俺が変質者か否(いな)かを表すをメーターがぐんぐん削られていくのを感じる。『異議あり』を間違えつづけてゲージをすべて失うと有罪になるという意味では裁判のゲームと同じだけど、この場合有罪になるのが自分自身なのが厄介である。俺は頭をフル回転させるが、しかしよく考えると中学生との会話を詳細にシミュレーションできるほどの経験は積んでいなかったため——結局のところ、シンプルな答えに着地した。

「お姉ちゃん、さ」

「……はい」

「最近……様子、おかしくない？」

変に言い訳を探す必要はないと思った。

だって俺は本当に、やましい気持ちでここに来ているわけじゃないのだから。

すると遥ちゃんは、一瞬驚いた顔を見せると防犯ブザーを握る手の力が少し弱まる。防犯ブザーを握る手の強さで警戒度を判断しているこの状態からまずは抜け出したい。

「……そうですね」

沈んだトーンで頷いた。

答えに、俺はある意味で安心する。

北与野のイタリアンで偶然会ったとき。あのとき日南は自分の家族にすら、素の自分ではなくパーフェクトヒロインとしての表情を見せているように見えて。

それが、ひどく印象に残っていた。

だとしたらこの異変すら、家族には悟られないようにしているかもしれない。そう心配していたのだ。

もし家族にすら仮面を被っているのだとしたら。そこでも理想の自分を演じつづけているのだとしたら、あいつにとっては自分の家という場所すらも、本当の自分をさらけ出せる空間ではない、ということなのだから。

沈んだ表情で俯いてしまった遥ちゃんを驚かせないようにしながら、ブザーを引き抜かれないようにしながら、俺はなるべく柔らかく声を出す。

「だよね。連絡しても返信ないから、ちょっと心配で。もういっそ待ち伏せして、見つけたら説教してやろうと思ってさ。ははは」

俺がぺらぺらと軽く、水沢よろしくの嘘くさい笑いを混ぜながら話すと、遥ちゃんも合わせて笑ってくれる。サンキュー水沢。それが嘘であれホントであれ、こうして関係が円滑に進んで、やがて本音を突き合わせるまでのコミュニケーションの手助けになるならば、嘘も本音の一部なのだ。

少し緊張が緩んだ様子の遥ちゃんは、少しだけ隙のある笑顔を見せて、

「私も心配なんです」

遥ちゃんは頷き、ちらりと視線を、日南家のほうへ向けた。

「最近のお姉ちゃん、部屋にこもって、ずっとゲームばっかりしてて……」

「ゲームばっかり……」

とまで言葉を繰り返して、不謹慎だろうか、俺はつい一つのことを連想してしまった。

「もしかして……アタファミ?」

こんなことをこの場面でわざわざ確認するべきではない気がしたけど、ゲーマーとしての本能がそうさせた。我慢できなかった。

「……」

「あ、えっと……」

なんだこいつ、急に意味わからないこと言ってきたぞ、これ引き抜くか、とならないことを祈りながらも、俺がキモオタを発揮させたことについて謝罪を開始しようとしていると、遥ちゃんはくすっと笑って、頷いた。

「……はい、そうです」

「や、やっぱり！」

俺は安心して、ちょっと大きい声を出してしまう。遥ちゃんはちょっとビクッとしている。手元には気をつけてほしい。

「お姉ちゃんがアタファミが好きってことまで、知ってるんですね」

少し気を許したようなトーンで話す遥ちゃん。俺はアタファミの話題ならまかせろ、とばかりに得意気な気分になる。

「もちろん。俺はあいつのライバルだからな」

「そうなんですか!?　どっちが強いんですか!?」

なんか遥ちゃんの食いつきが増したぞ。この様子だと、家でも日南とアタファミをプレイしているんだろうか。こうして初対面でも共通の話題で盛り上がれるのだから、アタファミはやはり神ゲーだ。

「そりゃあもちろん、俺のほうが強いよ」

「ええ!?　そんな人いるんですか!?」

今日一のニュース来ました、みたいな感じでビックリしている。まあけどよく考えたらそうか。あいつはアタファミに関しては手を抜けないたちだろうから、妹とやるときでも本気を出しているんだろう。となれば『お姉ちゃんより強い人がいるわけない』と思わされるのも無理はない。なんせあいつはオンライン日本二位の超実力者なわけだからな。俺は一位だが。

「一緒にオフ会とかも行ってるからな。ま、そこでも俺はめちゃくちゃ強いわけだが」

「う、うん……そうなんですね……!?」

俺がペラペラと得意気にアタファミマウントを取ると、遥ちゃんは若干引き気味になってしまった。まずい、得意分野を語るときのオタク特有の悪癖が出ている。ふと遥ちゃんの右手の動きを追うが、ブザーを握る手の力が上がる素振りはないので、そこまで不審者である可能性を上げる材料ではなかったらしい。たすかる。

遥ちゃんは俺を不思議そうに見上げると、少し申し訳なさそうにこんなことを言った。

「ごめんなさい、正直話を聞くまでは結構怪しいと思ってたんですけど……」

「やっぱり!?」

苦笑しながら相槌を打つ。

「……どうやら友達って話、嘘じゃないみたいですね！」

言いながら、遥ちゃんは防犯ブザーから手を離す。

「疑いが晴れてよかったよ」

本当に心からよかった。主に一瞬の油断の隙に警報音が鳴り響き、俺の有罪が確定する展開から解放されたことが本当によかった。やはりアタファミは人と人をつなぐ。

「……お姉ちゃん、どうしたんでしょうか」

ぽつりと言う。

「なにも、話してくれないんです」

少しずつ、警戒の表情が緩んでいるような気がした。

「……そうか」

言葉を丁寧に、咀嚼する。

日南は自分の様子がおかしいことを家族に隠してはいないけれど、その理由を聞かれても、妹にすら話さない。それはきっと、姉のことを慕う身としては悲しいことだろうし、日南を心配する俺たちも、その気持ちは理解できる。

けど、遥ちゃんは同じ家に生まれた家族で——ましてや、中学生だ。

大好きな姉から明確に一線を引かれてしまう寂しさは、中学生が抱えられる孤独の許容量に、収まってくれているだろうか。

「俺も、心配なんだけど、なにも話してくれなくて……っていうか、話す時間すらもらえなくて」

「そう……なんですね」

言いながら遥(はるか)ちゃんは、視線を自分の家の窓に向ける。俺の記憶が正しければそこは、日南(ひなみ)の部屋だ。

学校を休むほどに追い詰められ、にもかかわらず、その理由を俺どころか妹にすら話さない。日南葵(あおい)は俺と同じで——やっぱりまだ、一人なのだ。

あのとき聞いた日南の過去。

妹が亡くなったこと。その原因がほんとうの意味ではわからないこと。

それを直接聞くなんてことはさすがにできないけど、日南がああなった理由の断片でもなんでもいい、少しでも手がかりを見つけることはできないか、と思った。そしてもし、それが可能だとしたら——そのためには遥ちゃんになにを聞けばいいだろうか、と。

「あの、友崎(ともざき)さん！」

俺が考えを巡らせていると、決意の混じった声が俺に届く。

「うん？」

そして、真剣な表情で俺を見上げて。

「——お姉ちゃんって、いつも学校ではどんな様子だったんですか？」

言われて、俺ははっとする。

「私、家でのお姉ちゃんのことしか知らないから。……学校でのお姉ちゃんについて、知りたいんです！」

当たり前のことを、思い出していた。

「そうだよな……」

日南のことを大切に思って、だからもっと知りたい。なんとかして助けたい。

そんなことを思っているのは――きっと、俺だけじゃないのだ。

＊＊＊

俺と遥ちゃんは、近くの公園にいる。

「で、『クーラーのよーく効いた、職員室の中でね』って、先生にまで喧嘩売って」

「えー!?　お姉ちゃんって結構やんちゃなんですね!?」

「やんちゃというか頭がよすぎるというか、けどそれで大ウケして、生徒会長になって」

そしていまは俺が日南の学校での様子――まずはツカミみたいな感じで生徒会選挙のことについて話すと、遥ちゃんは大いに驚いてくれた。まああれエグかったもんな。

「なんかすごい意外です……！」

どうやら家での日南は、人当たりこそ学校で見せるパーフェクトヒロインの顔と近いらしいものの、選挙で見せたような大胆不敵な部分は見せない顔であるらしい。

「で、最後におにただ、って」

「え、みんなの前でブインのセリフを!?」

愕然として、口を両手で塞ぐ。

「そんなに意外だった?」

「いえ……なんだか、嬉しくて！　お姉ちゃんのイメージが、ガラッと変わりました」

「家の印象とそんなに違うんだ……」

俺が言うと遥ちゃんは自然に頷き、

「なんだか、違う人の話を聞いてるみたいです」

可笑しそうに、目尻を指で拭う。

その笑顔は眩しく、無邪気で。

日南葵がゲームの話をしているときにだけ見せる子供っぽい笑顔に、よく似ていた。

しかしここまで楽しげにしてくれると、なんかこっちのトーク力がすごいみたいな気分になって俺も嬉しくなってしまうな。日南もパーフェクトヒロインモードだと人の話でよく笑うし、コミュニケーションは話すだけじゃなく聞くのも大事なのだろう。

「じゃあ今度は俺も聞いていいかな?　遥ちゃんから見た、お姉ちゃんのこと」

俺が視線を合わせながら言うと、遥ちゃんは気まずさを拭うように、ぱっと笑う。

「うん、いいよ！」

けれど遥ちゃんは、うーんと、頭を悩ませてしまう。

まあそりゃそうだよな。十数年ひとつ屋根の下で生きてきた姉について『なにか教えて』とは、あまりに質問がざっくりしすぎている。

「……えっと、なにか、聞きたいことはありますか？」

「うーん……」

いま解決すべきいくつもの問題が頭をよぎる。

ビデオレターのこと、もう一人の妹のこと、親との関係のこと。

あいつについてわからないことは山ほどあった。だからそのどれかについて、俺は聞くべきなのだろう。

けれど、どうしてだろうか。

「遥ちゃんは……」

俺の口から出たのはまず、こんな質問だった。

「──お姉ちゃんの、どんなところが好き？」

いま問いかけるには不思議な質問だな、と自分でも思った。日南の問題を解決するための最短距離をいこうと思ったら、ほかに聞くべきことはいくらでもあるような気がした。だけど出てきた言葉は、自分の気持ちに嘘のないものだと思えた。

遥ちゃんの表情が、ぱっと明るいものに変わる。

「あのね！」

真っ直ぐな笑顔とともに、聞いてよと言わんばかりのうきうきした声。

そして飛び出した答えを聞いて——俺はこれを聞きたかったのかもしれない、と思った。

「私——お姉ちゃんみたいになりたいんです！」

暖かい記憶を思い出して、頭のなかで幸せが弾けているような、キラキラした笑顔。日南葵という存在を迷いなく心の底から信じて、そのことを話せることが嬉しくてしかたがない、というような、カラフルな声色。

それはなんだか、眩しかった。

「お姉ちゃん、みたいに？」

「はい！」

遥ちゃんは真っ直ぐ頷く。

「私って、姉妹のなかだといっちばんバカで、元気だけが取り柄って感じで！」

えへへ、と照れるように笑う。

「だから私はこの明るさで、みんなを笑顔にするぞー、それが私の役目！　とか、思ってたんです。だけど……」

やがて、遥ちゃんの表情が少しだけ沈んだ。

「その……いろんなことが、重なって。……自分がどうしたらいいのか、どんなふうに振舞えばいいのか、わからなくなった時期があって」

いろんなこと、という言葉に、俺は日南から聞いた一つの事件を連想する。

「明るいだけが取り柄だったのに、学校に行くこととか、人と話すこととか、そんな些細なことも全部、怖くなっていって……」

もう一人いたはずの妹との死別。いま話していることが本当にそのことを指しているのか確実ではないけれど、口ぶり的にほとんど間違いないような気がした。

「そのときもね、お母さんに相談したら、遥はそれで大丈夫、変わらなくてもいいんだよ、って言ってくれたんです。それでまた気持ちが少し楽になったんだけど……」

「うん」

「気持ちだけ楽になっても、もっと奥が寂しい気持ちのままなのは、なんにも変わらなくて。息苦しくて、不安な気持ちはどんどん、大きくなってきて」

なんだか、わかる気がした。

世界から置いていかれて、どこにいてもなんだか居心地が悪くて。そんなとき俺にはアタファミという居場所があったけれど、もしもそれすらなかったら。

人間がたった一人でその生きづらさに耐えきるのは、本当に難しいはずだ。

やがて、遥ちゃんの声色が少しずつ、柔らかくなっていく。

「だから葵お姉ちゃんにも、相談してみたんです。私って、これでいいのかな。本当に、変わらなくても大丈夫なのかな、って」

「日南に……」

「そうしたら……言ってくれたんです」

大切な気持ちを思い出すように、遥ちゃんは少しだけ大人っぽく、笑う。

それはやっぱり、俺のよく知るゲーマーの面影のある表情で。俺の頭に浮かんだのは、姉として妹を包み込むような笑顔を浮かべる、パーフェクトヒロインの声だった。

「遥も、わからなくなっちゃったんだね――」

言いながら遥ちゃんは、ゆっくりと空を見上げる。

「――だったら、私のことを見てて、って」

そこには決して自分では輝けない、けれど綺麗でまん丸の月が浮かんでいた。

「これからお姉ちゃんが、完璧なお手本を見せてあげるから、って！」

言葉が身体の芯に響いて、胸のあたりが苦しくなるのを感じた。

それがどこまで日南の本音のすべてだったのかは、いまの俺にはわからない。

けれど、迷った妹の手本になるための『完璧』。きっとその輝きは、一人の小さな女の子を、これでもかというくらいに、劇的に救っただろう。

「だから私、お姉ちゃんみたいになりたいんです。お姉ちゃんをお手本にしたら、私もあんなふうに、かっこよくなれるんだ、って思えるから！」

「うん。……そっか」

「そうしたら毎日が、ぱーっと明るくなったんです！」

「……わかる。わかるよ」

痛いくらいに、共感できた。

たしかにあいつの生き方は、戦い方は、進んできた道は。あまりに現実的すぎて、身も蓋もなさすぎて、向き合うことがしんどくなったり、真似しようにもその重さを抱えきれなくなったりすることもあるだろう。

けれどその灼くような輝きと、自分を自分で変えることができるのだという鮮烈な実感は、進みたくても進めない、迷う人の足下を、灯台のように照らしてくれる。

「だから私は、お姉ちゃんのことが、大好きで……」

衒いなく放たれる大好きという言葉に、嘘の気配は微塵もない。

あいつは自分のことを空っぽだとか、弱キャラだとか言っていたけれど。

それでも日南葵という完璧な少女が放つ冷たい輝きは、一人の迷子の少女を、救っていた。

「あの……」

不意に遥ちゃんが、言いづらそうにもごもごと言う。

「うん？」

「友崎さんも、お姉ちゃんのこと、好きですか？」

俺はその質問に驚きそうになったけれど、ば、ば、ば、ばか、そんなわけ……！　みたいに茶化す場面でないことくらいわかっている。なんなら俺のなかで、すっと腑に落ちるくらいに、自分の答えは決まっていた。

「うん。好きだよ」

あくまで一人の人間としてだけどね、なんて言葉を、言い訳がましく添える必要もないと思った。

人生を変えてもらって、感謝していて、尊敬していて、知りたいと思っていて。

そんな大切な人間のことを好きではないなんて、口が裂けても言えなかったから。

「そうなんですね！」

遥ちゃんはぱーっと顔を明るくして、口の前に両手のひらを当てながら言葉を続ける。

「じゃあ、友崎さんは、お姉ちゃんのどんなところが好きなんですか!?」

「ど、どんなところ……」

追加の詳細な質問が来て、俺も思わず言葉に詰まる。自分が日南のどこが好きなのか、なんて、改めて考えたことがなかった。

「それは……」

けれどしばらく考えて、答えはそう遠くないところに落ちているのだと、気がついた。

だからそれを拾い上げるように、ゆっくりと口を開く。

「――たぶん、遥ちゃんが思ってるのと、同じだよ」

「同じ？」

「うん。おんなじ」

だってそう。それは遥ちゃんが自分の毎日を明るくしてもらったことに感謝しているのと、たぶん、まったく同じこと。

俺の毎日をカラフルに輝かせてくれた――あの偽物の輝きが、俺は好きなのだ。

「キラキラ輝いて、見えてる景色に色をつけてくれるところ、かな」

もちろん、それを信じている人の前で――偽物、だなんて言えないけれど。

＊＊＊

公園から日南の家まで遥ちゃんを送る。たぶん時間にして一時間も話していないだろうけど、中学生をこんな時間にいつまでも引き止めておくわけにはいかないからな。

遥ちゃんの横顔には、見れば見るほどあいつの面影があって。俺を訝(いぶか)しんでいた警戒がすっかり和らいでいるのは、俺に気を許してくれたのか、それとも姉との記憶を思い出して、気持ちが暖められたからか。気心が知れたような空気が、二人の間には流れていた。

「あの……実はこれ、まだお姉ちゃんには内緒なんだけど……」

「うん？」

遥ちゃんは、やや照れながら言う。

「私……お姉ちゃんみたいな人になろうって追いかけて。がんばってて……」

強く輝いた視線を、俺に向けた。

「今年……中学校で生徒会長になることができたんです！」

「え！」

俺は驚いてしまう。

遥ちゃんは窺うように、俺の顔を見た。

「……いま、大丈夫なんですか？　その、お姉ちゃん、学校行ってないから、生徒会……」

「ああ……」

泉から聞いたことを思い出し、俺はそれを隠すべきだろうか、と一瞬思ったけれど……嘘をつくわけにもいかないだろう。

「……進んでたイベントがあったんだけど、日南が抜けちゃって、進められてない、みたいなことにはなってるみたい」

「え……」

「ああでも、そのくらいお姉ちゃんが優秀だったたって証拠だからさ！」

フォローになっているかわからないフォローをすると、遥ちゃんはう〜んと頭を悩ませてしまう。引き受けた仕事の引き継ぎすらできず、残されたメンバーに迷惑をかけてしまっている。その現実は、きっと遥ちゃんが理想としているお姉ちゃん像ではないはずだ。

偽物の輝きが、ほんとうの意味で偽物になろうとしている。

そう思うと、胸が苦しかった。

「なんか今日だけで私、お姉ちゃんの知らない顔、何個も知っちゃった」

切なく言う遥ちゃんは、大切なものを暖めるような笑みを浮かべている。

「……俺も」

俺は遥ちゃんが知らない日南の顔を知っているし、逆に俺が知らない日南のことを、遥ちゃんはたくさん知っている。

だけどきっと、ほんとうの日南葵のことをわからないのは、二人とも同じで。

「あのさ、遥ちゃん」

別れの挨拶を言う前に、俺は一つ切り出した。

「なんでしょう？」

「……また、話を聞きにきてもいいかな？」

何度も日南に送っているLINEには、いまだ返信がない。既読が付いているだけ希望だとは言えたけど、それは間接的な拒絶の表明と同義で。

遥ちゃんとの関係が一体、なににつながるのかはわからない。ただ痛みを共有して、馴れあっているだけなのかもしれない。けど俺は周囲の人からでもいい、話を聞きたかった。

するとと遥ちゃんは一瞬だけ驚くと、安心したように笑って、頷いた。

「はい。私も、お姉ちゃんのこと、いろいろ知りたいので！」

俺はその言葉に胸をなで下ろすと、

「えーと、それじゃあたぶん、なんか連絡できたほうがいいよね？　LINEとか……」

俺が切り出すと、遥ちゃんは露骨にうっと抵抗のありそうな顔をした。

「ご、ごめんなさい……LINEはプライベート用なので……」

「え」

ちょっと待ってくれ、もしも抵抗があるんだとしてもそれを乗り越えて教えてくれるくらいの流れがあっただろ。俺が混乱していると、

「その、インスタなら大丈夫です」

「え、あ、うん。そういうものなんだ？」

一体その使い分けにどんな意味があるのかわからないけど、どうやら遥ちゃんの生きる世界ではそういうものらしい。なんかせっかくLINEとかそういうのの作法を学んだのに、世代が

移り変わるにつれてどんどん新しい作法が出てきていたちごっこである。とりあえず、課題にせよインスタをやってて良かったぜ。

「お姉ちゃんにもよろしく伝えておきますね」

「あ、それなんだけど」

遥ちゃんはきょとんとこちらを見る。

「……今日、俺と話したこと、お姉ちゃんには内緒にしてもらってもいい？」

「……？　どうしてですか？」

素直に理由がわからない、といったトーンで聞いてくる遥ちゃん。ふむ、これはなんと説明したらいいだろうか。

「えーとその、俺がわざわざ心配してるってことが知られると……若干、恥ずかしいというか……」

「恥ずかしい……？」

「その、わざわざ家の前まで来て心配してるとか、本人に知られるといろいろあるじゃん？」

俺がしどろもどろに言うと、遥ちゃんはしばらく迷う。

「あ！」

やがて、なにに気がついたんだろうか。はっと気がついたように目を丸くした。

「そういうことか！」

「うん？　そういうことって？」

そして遥ちゃんは、本当に姉によく似た悪戯っぽい表情で、こんなことを言う。

「──友崎さん、お姉ちゃんのこと狙ってるってことだ!?」

「ばか、違っ、あのな……っ！」

だから俺には菊池さんという彼女がだな……と頭のなかで反論しても、遥ちゃんのしめしめ顔は収まらない。

「だから待ち伏せまで……なるほどーっ！」

「だ、ばっ、違う──っ！」

「大丈夫ですよ！　私そういうの漏らさないタイプなので！　それじゃあ！」

「あーもう！　だから……！」

と、三つも年下の女の子相手にタジタジになってしまう俺なのであった。まあ今日のところはこんなところで勘弁してやろう。

＊＊＊

それから数日後、土曜日の夜。

お互いのバイト終わりの時間に合わせて、大宮の喫茶店で、菊池さんと会っていた。

「は、はい。神保町まで行って、会ってきたんですけど……」

「え⁉　編集者さんと⁉」

「おお……」

思わず息を漏らす。具体的な地名が出てくるだけで外に飛び出している感がすごい。菊池さんが着実に夢に近づいていっている。

「話はどうなりそうなの？」

「いまインターネットに載せているところまでは全部読んでくれて、一章の部分まではそのまま使えそうだから、出版を前提に続きを書いてみてほしい、って言ってくれて……」

「出版を前提に⁉」

「もし間に合うようなら、九月頃の刊行を目標に進めてみてもいいかもね、って」

「待って待って、めちゃくちゃ話進んでるじゃん！」

思わず前のめりでその話を聞く。

「えっと、もちろんお話の出来にはよるけど、とりあえず締め切りを設けないと話が進まないから、って……」

「そっか……あの作品が、出版……」

伏し目がちにこちらを見る菊池さんの表情は、どこか遠慮がちで。

「それで私……編集者さんに、話してみたんです」

「ん、なにを?」

「……アルシアっていうキャラクターの造形を、まるっと変えたいって」

「え」

かたん、と無機質にソーサーが鳴る。

間違いなく、日南に配慮してのことだろう。その心配はわかる。

「でも……それだと」

きっと――あの物語の輝きは、失われてしまう。

文化祭からずっと、何度も取材までして、向き合いつづけてきたアルシアというキャラクター。そこには菊池さんの洞察と創作の神髄が詰まっているはずだった。

「あのままだと……私自身が、続きを書けないと思うんです。いま私のなかにいるアルシアは……日南さんと不可分で。やっぱりまだその本当のところがわからないままで」

編集者との顔合わせ、具体的な刊行時期の提案。

小説家を目指す身として、こんなにも望ましくワクワクする展開も、なかなかないだろう。

前向きな出来事が次々と舞い込んできているのに、菊池さんの顔は不運に見舞われたかのように曇ったままで。

「その奥を知らないままで書き進めても、広げた風呂敷を畳めないまま終わってしまう気がするんです」

それはきっと本気で創作と向き合う小説家としての覚悟で。菊池さんは本気でプロを目指すと決めたとき、そして、出版の話が舞い込んできたとき。覚悟を決めたのだろう。物語に対して、真摯であろうと。

「けどさ……」

そんな菊池さんが、いままで描いてきたものを、そう簡単にあきらめられるのだろうか。

「菊池さんは、それでも書きたいんじゃないの？　アルシアの……あのままのアルシアの、内面を」

菊池さんは、一瞬だけ唇を一文字に結ぶと、やがてそれをひらいた。

「……正直、書きたいって気持ちは、あります。けど、それっていまじゃなくてもいいのかな、って思ったんです」

「いまじゃない？」

菊池さんは頷く。

「今回出版した本が上手くいったら、また新しく本を出させてくれるかもしれないじゃないですか」

「まあ……その可能性は、あるよね」

「というよりも、本当に小説家として食べていきたいなら、マイケル・アンディみたいになりたいなら。……長く書きつづけられる存在にならないといけないと思うんです」

菊池さんは、考える間も置かず、滑らかに語る。

「なるべき、だと思うんです」

菊池さんにしては長く、流暢に並べられた、書かなくてもいい理由の数々。

俺はその言葉を聞きながら、思っていた。

「だとしたら、なにも一冊目に自分の書きたいことを全部ぶつけなくてもいいんじゃないかなって」

付き合ってまだ半年も経たないけれど、それでも正面から向き合おうとしてきたからわかる。

「次があるなら、小説を書くのに慣れてきたそっちに自分の気持ちをぶつけた方が、むしろ――」

菊池さんはきっと、この言葉を、いま考えて言っているのではなく。

「私に残された時間ってまだまだ長いですし、いまはできることをできる範囲でがんばるのが、一番なのかなって」

何度も何度も、頭のなかで繰り返してきたのだろう。

本当は書きたい自分に、なんとか言い聞かせるために。

「だから、大丈夫です。いまは……まだ始まったばかりなんですから」

そうして浮かべられた、きっと嘘で作られた笑顔は、俺が菊池さんの心のなかを本気で考えていなければ決してわからないほどに、完璧に彩られていて。

「……そっか。菊池さんが、そう言うなら」

俺はその準備された言い訳たちを覆すための言葉は、なにひとつ持ち合わせていなかった。

＊＊＊

菊池さんを家まで送った、その帰り道。

風が運んでくる川の冷気を受けながら、俺は一人で北朝霞の街を歩いている。

少しずつ夏に近づいてきた春だけど、夜はまだ冬の余韻を引きずっていた。

夢に向かって進んでいる菊池さん。けれど、ある意味それと不可分であり、同時に相反するところに、日南の問題があって。踏み込むことが創作のヒントになるけれど、不用意なそれは、ただでさえつまずいている日南に追い打ちをかけることになりかねない。

思えば人生攻略を始めたころから俺はいままで、自分のやりたいことと、それと相反する価値観との間で、ずっと答えを考えつづけてきた。

その答えはいつも、どちらか片方に振り切ってしまえばいい、なんて安直なものではなくて、必死にあがいてそのどちらをも取ろうとしたとき、その間から振り落とされないようバランスを取りつづける努力から垣間見える、きらりと光る言葉だった。

片方に振り切ってしまうのは、勇気があるようで楽をしているだけで。

安直でない本当の答えを見つけるというのは、そのくらい難しいことなのだろう。

菊池さんがいま揺れているのは、夢と道徳の間だ。

一つは夢見る少女――つまりは、一人の小説家として。

他者の気持ちや権利よりも、ただ美しい小説を生み出すことを優先し、踏み込んではいけない領域にまで踏み込みたいと思っている。

けれどもう一つは、普通の女の子――つまりは、常識ある人間として。

自分よりも日南の権利を尊重し、これ以上は踏み入ってはならないと思っている。

そして菊池さんは結局、自分のしたいことより、社会と折り合う決断をしてくれた。

けど――本当にそれでよかったのだろうか。

そんなとき、ふと一つの出会いといまの状況がつながる。

現に俺はいま、日南に直接関わらない形で、日南のことを知ろうとしている。

それはある意味、nanashiらしい裏道で。菊池さんが俺の彼女であるなら、その裏道を一緒に歩いていくのも、手段の一つである気がしていた。

『あのさ、菊池さん』

今日はありがとう、というようなLINEではなく、突然のこの文面。菊池さんは驚いたのだろうか、すぐに既読が付いて、『どうしましたか?』と返事が届く。

俺はいま思いついたことを、メッセージボックスに打ち込んでいった。

それはひょっとすると、すべての視界が一気に広がる可能性のある選択肢で——

『今度、会ってみてほしい人がいるんだ』

——同時に劇薬になるかもしれない選択肢でもあると、俺は自覚していた。

＊＊＊

翌日、バイト先のカラオケセブンス。

俺は早めに出勤すると、休憩に使われているルームで、スマホと向き合っていた。

考えているのは、遥ちゃんに送るインスタのDMだ。

昨日の夜、菊池さんに伝えた『会ってほしい人』という誘い。それはもちろん遥ちゃんのことで。となれば俺はこの熱が冷めてしまわないうちに遥ちゃんに話を通しておいたほうがいいのだけど——

「ふむ」

なんというかいままでとはあまりにルールの違う状況に困惑していた。高校三年生が中学生の女の子を誘うのってめちゃくちゃ悪いことしてる気分になるし、そもそも中学生をどういう場所に誘うべきなのかもわからない。なぜなら俺は遥ちゃんくらいの年齢のとき、友達が一人もいなくて遊んだ経験がないからである。

「まあ、とりあえず……」

話せたことの感謝、また話したい旨、そしてほかの日南の友達も一緒に連れていっていいかどうかなどを簡潔にまとめてDMに綴って送る。そして送信された自分の文章が変じゃなかったかをなんとなく確認していると、

「おおう!?」

なにやら入力中、みたいな吹き出しが出てきた。おいおい、LINEでは既読をつけるかつけ

ないかという難題と戦わないといけなかったのに、こっちではまた新しいステージがあるわけですか。これだから人生は難しいぜ。

やがて。

『他の人もですか!? わかりました!』

『えーと、場所はどうしましょう？ また公園…？』

二通にわけてメッセージが来る。

さすがに公園が正解でないことくらい俺にもわかった。しかし即レスに対してまたすごく時間を取るのも違うな、と思ったため、

『えーと…考えておく!』

短く送り、またもスマホを睨みつけながら、考え込んでしまう。さて、どうしたものか。

日南に会うための待ち伏せから始まり、ブザーの危機を経由しての遥ちゃんとの交流。これが一体どこにつながっているのかは、俺にはまだまったくわかっていない。

けれど、それでも日南のなにかを掴むための、大事なつながりの一つのような気がしていた。

「なーにやってんだ？」

「うわぁぉ!?」

視界外から滑らかでうさんくさい声がする——つまり、そこにいるのは水沢だ。

「なんかいま、インスタでナンパしてなかったか？」

「してねーよ。えーと……」

なにかそれらしい言い訳をしようかな、とも思ったけど、下手なことを言っても見抜かれるだろうし、それに。

……できれば水沢にも、相談してみたいよな。

「いや、実は——」

ということで、俺は経緯を説明することにした。

「おーおー、それは働き者だこと」

俺は水沢と流し台の前で横並びになって洗い物をしつつ、これまでの事情を話した。

「風香ちゃんと葵の妹を会わせてみる、ねえ……」

彼女を、友達の妹に会わせる。普通ならここまで深く考えるような話ではない。けれど状況が状況だし……なんというか、会わせる相手が相手だ。

「たしかに、なにかありそうな決断ではあるよな。あの演劇の作者さまなわけだし」

「まあ……それだよなあ」

「いいんじゃないか？　連絡もつかなくて、待ち伏せも失敗したんなら、わからないなりに、地道なことやってくしかないしな」

「……おう」

　たくさんのことが謎（なぞ）に包まれている現状。それでも俺たちが日南（ひなみ）に関わりたいのなら、総当たり的にあらゆる手を講じるしかない。

「ま、またなにかあったら、教えてくれ。俺にできることがあったら、なんでも協力する」

「お、おう。ありがと」

　余裕たっぷりの笑顔で、手をひらひらと振る。

「葵（あおい）のことは、俺も絶対になんとかしたいからさ」

　それは嘘（うそ）のない、真剣なまなざしだ。

　俺はこういう水沢（みずさわ）を何度も見たことがあったけど、改めてふと、気になった。

「……水沢ってさ」

「うん？」

「なんでそこまで……日南のことが好きなんだ？」

　すると水沢は一瞬だけ目を丸くして、

「また急だな？　俺が葵を好きな理由……」

顎に指を添えると、少ししてピンときたように口を軽く開く。

「んー、そう言われると……難しいよな」

やがて、ぼそりと告白するように、言葉を落とした。

「……俺って、たぶん――寂しいんだよ」

「寂しい？」

思わぬ言葉に聞き返すと、水沢はきゅっと、蛇口をしめる。流しっぱなしになっていた水の流れが止まり、空っぽになったシンクだけが残った。ぬらりと光る銀色は、俺たちの姿を明瞭には映し出してくれない。

「俺って誰にも本音を言えなくて、みんなにいい顔をして。ま、いまはこうして、寂しいなんて自分の弱みを、事後でもないのにさらけ出せるくらいにはなったわけだけど」

「事後ってお前」

俺は思わずツッコむ。

「で、たぶん最初はさ。……あいつには、わかってもらえると思ってたんだよな」

「わかってもらえる？」

俺が問い直すと、水沢は少しだけ、優しく口角を上げる。

「葵なら……俺がなにも言わなくても、弱みを晒さなくても、水沢孝弘って人間は寂しいんだなって、さ」

水沢は、罪を告白するように。

「……それって、楽だろ？　だって、自分ではなにもさらけ出してないのに、一番深いところを、勝手に理解してもらえるんだから。だからたぶん、そんなズルくてしょーもない理想に、甘えてた」

少しだけ、わかる気がした。

人生に向き合ったり、誰かに向き合うのは怖いことだ。もしもそれが上手くいかなかったとき、相手に受け入れてもらえなかったとき。自分に価値がないような気がして、自分が必要じゃないような気がして、どんどん深い沼に嵌まっていってしまう。だからこそ人は自分の価値観という檻の外に飛び出すことを避けるし、自分をさらけ出すことを恐れる。

まさに俺が、人生はクソゲーだと言って聞かなかったときのように。

「水沢でも……そういうの、怖いって思うんだな」

「ははは。ま、俺はお前みたいに日本一にはなれねーからな」

「……そうか」

言っている意味がわかっただけに、相槌が遠慮気味になってしまう。

きっと俺は、周囲に理解されなくても、自分が自分だから、ということだけで自分を肯定できてしまう。けど、そうではない人にとって、自分をさらけ出すことは、自分自身が肯定されるべき存在かどうか、審判の場に自らの首を差し出すようなものだ。……そう考えると、やっぱり他者と関わりつづけてる人って、えらいよな。

「ま、要は臆病だったんだよ。さらけ出さなくても自分を理解してくれるやつがいたら、楽だからな」

水沢は過去を振り返るように言う。けれどそこに、自嘲の色はなかった。

「つまり……日南に自分を理解してもらえるって思った、ってことか……」

俺が思考をまとめるように言うと、水沢はくいっと片眉を上げた。

「いや、それがさ」

そしてふっと、細い息を吐いた。

「……いまは多分、逆なんだよ」

「逆？」

水沢は子供じみた表情で、けれど自信満々に笑った。

「俺なら理解してやれる、って思えるんだよ」

「っ」

「――あいつが自分をさらけ出さなくても、あいつの寂しさをわかってやれる、ってさ」

たしかに、真逆の論理だった。

「もしもあいつが、自分をさらけ出すのが怖くて、けど、寂しさを感じてるんだとしたら
……俺はそれをわかってやれる。そんな自分に意味を感じてたっつーか」

言葉を、心から理解することができた。

というより、俺も似たようなことを考えていたことがあったのだ。

日南の孤独を理解できるのは自分だけで、だから俺があいつと言葉を交わさなければいけない、だなんて。

それはnanashiとNO NAMEという絆、ゲーマーという人生への向き合い方を根拠にしたものだったけど。

ひょっとしたら、違うのかもしれない。

「だから俺は、葵のことが好きなんだろうな、って」

本音をさらけ出すのが苦手だと語った水沢。

けどいま吐き出した言葉には恐らく、嘘はなくて。

やがて水沢は子供っぽく、けれど強く、笑った。

「ってこれも、幼稚なヒーロー願望かもしれねーけどな？」

俺はその言葉に、真っ直ぐな思いに、感化されていた——なんて言うと、少し安っぽくなってしまうけれど。

「なあ、水沢」

きっと目の前のこの男は、俺が知るNO NAMEとは違う、だけどたしかに日南葵が向き合ってきた人生につきまとう寂しさの一つを、心の芯から理解している。

それはきっと——俺には見つけられない、日南のほんとうのことだ。

だから。

「次に遥ちゃんと会うとき、一緒に来てくれないか？」

俺や、菊池さんだけじゃない。

日南のほんとうを見つけようとしている人たちで、協力しあう。

それが、俺のやるべきことのような気がしていた。

あと……それから、もう一つ。

「中学生を、どこに連れていくべきかわからなくて……」

これまでの経験値が通用せず、実は白旗をあげていた俺を、水沢はくくと可笑しそうに笑った。

＊＊＊

「は、は、は、初めまして!!」

それから翌週の日曜日。

遥ちゃんが、すでに到着していた目の前のもう二人、菊池さんと水沢に挨拶していた。

俺たちがやってきたのは、さいたま新都心のコクーンシティだ。

「姉がお世話になってます！　日南遥です!!」

「こんにちは。水沢孝弘です。気軽に孝弘お兄ちゃんって呼んでね」

「お、お、おにいちゃん!?」

一気に距離を詰める挨拶に、遥ちゃんは驚いている。水沢はいつものスタンスで行くのね了解しました。

「え、えーと！　菊池風香です。私は……」

続いての自己紹介で、菊池さんは初っ端から顔を赤くしながら言葉を迷わせると、

「友崎くんと……お付き合いさせてもらってて」

「え!?　友崎さん彼女いたんですか!?」

怒濤の情報ラッシュにパンクさせられている遥ちゃんは、俺たち三人の顔をぐるぐると順番に見てはぱちぱちと瞬きを繰り返している。

「そ、そんなに驚きですか……？」

「だ、だってお姉ちゃんのこと好きって……！」

「え……？　好き!?　文也くん!?」

そして余計なことを言う遥ちゃんに、菊池さんがめちゃくちゃ取り乱す。なんだこれは、まだ初対面から数十秒のはずなのにとんでもない波乱が起きている。

「い、いや、そうじゃなくて……」

「ふ、ふ、文也(ふみや)くん、それは一体……！」

「ははは。がんばれ文也」

「つ、つまりこれは、三角関係……!?」

「ちーがーう!!」

いや、この二人を会わせるのはギャンブルになるな、と思ってはいたけど、こういう意味ではなかったんだよな。

＊＊＊

数十分後。

「もう……そういうことなら早く言ってくださいね」

「いや、言う隙間(すきま)なかったよね!?」

エスカレーター近くの椅子(いす)に並んで座り、俺がこのあいだ遥(はるか)ちゃんと話した内容をしっかりと事細かに伝える。菊池(きくち)さんもわかってくれて、あらぬ疑いは晴れたようだった。けれどなんだかそれでもちょっとぷんすか気味で、顔を赤くしながら小言を言ってくるのがなんだか人間っぽくて、まあ人間だからそりゃそうなんだけど、そういえば菊池さんとこういう恋人同士っぽい時間を過ごすのって、久しぶりな気がするな。そういう意味では遥ちゃんに感謝……なのか？　いやそうじゃない気がするな。

「ど、どうですかね……？」

「お！　かわいいじゃん、似合う。俺めっちゃ好き」

「す、す……!?」

そして向こうの服屋では試着室から出てきた遥ちゃんに水沢がさらっと殺し文句を言っていて、遥ちゃんがめちゃくちゃ赤面している。中学生女子にこんなものを教えたら将来年上の女慣れした男でしか満足できないモンスターが生まれてしまいませんかね？

「大丈夫ですかね……？」

「心配だよね……いろんな意味で」

けどまあ楽しそうだからＯＫです、ということにしておこう。菊池さんもくすくすと笑いながらそれを眺めていて、なんだか悪くない雰囲気だしな。

「私、実はコクーンシティって、来たの初めてで」

「あ、俺も」

コクーンシティはさいたま新都心にある総合商業施設で、俺が中学生の頃は週末に友達みんなで集まって行っていた、という話を周囲のクラスメイトがしているのを横でよく漏れ聞いていた。つまり俺は行ったことがない。中学生にとってここがとても行きたい場所なのだということはよく理解している。

アパレルショップや雑貨屋、飲食店やスーパーマーケットもあれば映画館まで揃っているここはまさに総合商業施設と呼ぶのに相応しく、全部しっかり回ろうと思ったらそれこそ丸一日かかるくらいの規模感である。まあ休日にみんなで行くにはぴったりだよな。

「友崎さん、風香お姉ちゃん、買えたよー！」

それほどお気に召したのか、いま買ったと思われる服をその場で着ると、遥ちゃんはこちらに早足で向かってくる。

「ふふ、とってもお似合いですね」

「でしょー!?」

調子よく言いながら、菊池さんの前でくるりと回ると、赤茶色のワンピースの裾がひらりと舞った。遥ちゃんは菊池さんが同じ女の子だからなのか、それとも菊池さんの包み込むような雰囲気がそうさせるのかわからないけれど、なにやら急激に懐いている。

「なんかすごい……打ち解けたね?」

「そうですか?」

「うん。なんかすごく慣れてる感じがするっていうか……」

いまいちピンと来ていない様子の菊池さんだけど、ふむと唇に手を当てて考えると、あっと思い当たったように。

「もしかしたら、弟がいるからかも、です」

「あ、なるほど」

そういえばそうだった。隠れたお姉ちゃん属性が発揮されていると思うと、この光景がさらに尊いものに見えてきたぞ。ちなみに俺も一応お兄ちゃんであるはずなのだが、基本的に妹に兄らしいことはできていないどころかめちゃくちゃに舐められているので、発揮するお兄ちゃん属性がないという有様である。

「ねえ、風香お姉ちゃん！」

「は、はい！」

俺は遥ちゃんに菊池さんを取られてしまうと、はあとため息をついた。けど、遥ちゃん、どんどん元気になってきていてよかったな。

「風香お姉ちゃんって、お肌綺麗だよね？　ブルべ冬だよね!?」

「そ、そうなんですか……？」

コスメショップが集まったエリア。遥ちゃんが謎の言葉を使いながら、キラキラした目で菊池さんに尋ねている。まあブルーベリーがよく採れる冬、みたいなことだろう。

「スキンケアって、どんなの使ってるの？」

俺はそれになんとなく耳を立ててしまう。いまはもう、一人の女の子として菊池さんのことを直視しているけれど、もともと菊池さんって妖精的なイメージがあるから、メイクとかスキンケアみたいなものをしているイメージがあんまり想像つかないんだよな。

「私は……あ、丁度あそこに売ってますよ」

すると菊池さんはゆっくりと歩いていき、innisfreeと書かれた緑色の箱を手に取った。

「あ！　イニスフリー！　友達も言ってた！」

「これだと、化粧水も乳液もクリームもセットなので、試しに使いやすいんです」

「へー！」

なにやら女子って感じのトークで、けれどそういうメーカーと言えばいいのかブランドと言えばいいのかわからないけど、お洒落横文字を菊池さんが言っているのがなんだか新鮮だった。

「メイクとかってどうしてる？」

「メイクですか？」

菊池さんは少し迷うと、

「私は……下地とかファンデーションとかは塗ってなくて、トーンアップの日焼け止めを塗ってるだけなんです」

「それでそんなに綺麗なの!?」

ふむふむ、菊池さんは下地とかファンデーションとかは塗ってなくて、トーンアップの日焼け止めを塗っているのか……わかるようでイマイチわからないぜ。

「リップは!?」

「唇はもともとニベアの色つきリップくらいだったんですけど……」

「うんうん」

「最近はポールアンドジョーのリップを使ってて」

「ぽーるあんど……？」

「えーと、猫ちゃんのリップ、知りませんか？」

「あ！　わかる！」

なにやら二人がコスメトークで盛り上がっている。横から聞いてるだけで菊池さんのことをたくさん知れたのは嬉しいけど、ニベア以外まったくピンときてないぜ。

「あ、こら、そっちあんまり行っちゃだめですよ」

「だ、大丈夫だって～」

菊池さんは遥ちゃんの手を取って、むしろ遥ちゃんのほうがそれに照れくさくしているという状態になっている。どう言えばいいかわからないけど、かなり助かっていることだけは確かだ。

しかしなんというか、俺は段々と気がつきはじめていた。

「ふむ……」

一緒に服とかを見てまわり、息をするように遥ちゃんを照れさせていた水沢。持ちうるお姉ちゃんスキルを存分に発揮して、すっかり懐かれている菊池さん。

「あ、いいなー風香ちゃん。俺も遥ちゃんと手つなぎたい」

「ちょっと水沢さん、遥ちゃんが困ってますよ」

「な、な……！」

「そ、そうですよ……！」

三人のやりとりを観察しながら俺は考える。

「ふむふむ……」

やはり間違いない。俺が二人を紹介したはずなのに、俺が一番取り残されてるぜ。

＊＊＊

時間はそろそろ十七時になり、俺たちはコクーンシティのフードコートにいる。いまはそれぞれが食べたいお店の列に並んでいて、俺は担々麺のお店を選んでいた。

注文したごま増量の担々麺を受け取ると、俺はトレーをもってみんながいるテーブルへと向かう。ちなみに『彼氏がフードコートでお盆を持ってキョロキョロしているところを見て冷めた』などという悪魔みたいなあるあるエピソードに共感が集まっているのを事前にインターネットで見ていたので、あらかじめテーブルの位置を完璧に把握、取ってきたお店から最短直線距離でそこへ向かうことで蛙化現象をハックしてみせた。

そうして俺の隣には水沢、正面に菊池さんでその隣に遥ちゃんという並びで四人がけのテーブルに座ると、俺たちは各々のご飯を食べはじめる。

ちなみに菊池さんと遥ちゃんが隣合わせでお揃いのチーズタッカルビを食べていて、水沢は牛カツ丼の特盛りを頼んでいた。こいつ相変わらず意外とよく食うな。

「あ、この服——」

「このあとは——」

そんなふうに交わされる会話は当たり障りのない雑談がメインで、俺は相槌を打ちながらも考える。せっかく二人についてきてもらったわけだし、上手いこと本題に切り込めないだろうか——と思っていたそんなとき、視線だけでみんなの表情を窺い、口を開いたのは水沢だった。

「あ、ていうかさ」

水沢は、遥ちゃんが食べているチーズタッカルビを指差して。

「遥ちゃんも、チーズ好きなんだ？」

さらりといつものトーンで言うけれど、俺はすぐに潜む意味を察した。遥ちゃんも、という言葉が指すもう一人は、言うまでもないだろう。

「あはは。……そうですね。お姉ちゃんと一緒に、よくチーズケーキとか食べてました」

「ははは、やっぱり」

さすが水沢、来てくれて本当に助かったぜ、と思いながらも俺も自分からその話を広げる。

「ね、せっかくだしさ、二人にもまたお姉ちゃんの話聞かせてあげてよ」

「いいですよ！　なにか聞きたいことはありますか？」

そう言われるとむしろ聞きたいことしかないわけだけど、なにか一つと言われると選択に困ってしまう。

過去、もう一人の妹、努力、ブイン、チーズ。日南を構成するいくつもの要素を考えながら、俺は日南のなにかが崩れた最初のきっかけと思われるビデオレターを思い出し、まあチーズは関係ないわなと思いつつ、こんなことを聞くことにした。

「お姉ちゃんってさ、……お母さんとかお父さんと、仲良かったの？」

親子関係。小さいころ親に愛されないと自己肯定感が〜みたいな話はインターネットとかでもよく見るようになったくらいには有名な心理分析論だと言えるだろう。

その仲だけで肯定感の高さが決まる、という言説にはいささか懐疑的ではあるものの、いま手がかりとして最も答えに近づきそうなことも、そこだと思った。なにせ——日南の様子がおかしくなったビデオレターに映っていたのは、遥ちゃんと母親だけだったのだから。

「えーっと、お父さんは小さい頃からずっといなかったんですけど……」

「あ……そうなんだ」

俺はつい地雷を踏んでしまっただろうか、と反省するが、どうしてだろうか、遥ちゃんはそんなこと気にする素振りもないくらいに、よく聞いてくれました、みたいな表情でにんまりとしていた。

「お母さんとはですね！」

そして、輝いた目で言い切った。

「すっっっごく、仲よかったですよ！」

思わぬ回答、とは言いすぎかもしれないが、強く振り切った肯定に面食らう。

仲が悪かったという答えが返ってくるとまでは思っていなかったけれど、それでも家族間になにか普通ではない要素がある可能性は高いと思っていた。しかしこうも遥ちゃんは姉を慕い、母親とも仲が良かったとなると、そこに不和の入る余地はないように見えてしまう。

俺は水沢（みずさわ）と目配せをしながらも、遥ちゃんに追加で尋ねる。

「それは……昔から？」

もし母親と仲が良かったということになんの裏もなく、それ以外の家族間に不和があるのだとしたら、さらりと告げられた父親の不在なのか、それとも。

「はい！」

「ははは。自信満々だね」

水沢は柔らかく相槌（あいづち）を打ちながら、俺に向けて片眉（かたまゆ）をくいっとあげた。

仲の良さがうちの売りなので、くらいの勢いで肯定する遥ちゃんの笑顔に嘘（うそ）はなさそうで、きっと水沢も当てが外れたな、と意外に思っているのだろう。

「えーと、家ではどんな様子だったの？」

「お母さんは、私のことも、葵お姉ちゃんのことも本当にたくさん褒めてくれて」

遥ちゃんは、幸せな記憶を思い返すように。

「小さい頃からずーっと、毎日……はちょっと言いすぎですけど、それでもいっつも、言葉をかけてくれてたんです」

「言葉……ですか?」

菊池さんがそれを問い返す。けど、どうしてだろうか。

微笑ましく、それこそ妹の話を聞くかのように優しい表情で遥ちゃんの話を聞いていたはずの菊池さんの表情が、徐々に真剣なものに変わっていっているのがわかった。

遥ちゃんは、照れたように顔を赤くしながら。

「えらいね、すごいねって。生まれてきてくれて、ありがとう、って」

「そう……なんですね」

それはまた、ある種の振り切ったエピソード。

菊池さんの視線はじっと、遥ちゃんに向けられたままだ。

幼い頃に家族から愛されなかった経験が自己肯定感に影響を——という俗説とはむしろ真逆の、ひたすらに愛情と肯定を浴びていたという証言を受けて、俺はどう考えるべきか迷っていた。

たくさん褒めてくれたのはいいことだろう。けど、生まれてきてくれてありがとう、とまでのセリフをいつもかけてくれていた、というのは、やや珍しいことに思えた。

それは極端な肯定感を与えられているとも取れて、逆にそれが空っぽの原因になっているとも考えられる気がしたけど……『逆に』なんてことを理由に論理展開しはじめたら、どんな証言が来ても自分の導きたかった結果につなげられてしまう。欲しい結果を先に決めて、そこに向かって理由をこじつけていくような考え方は、それこそ不誠実というものだろう。

俺は一度先入観をほどき、考え直す。

「そっか。……すごく、いい関係だったんだね」

「はい！　あ、それからね……」

俺の返答に気持ちよく頷き、話の続きをはじめる遥ちゃん。やっぱりその表情や声に嘘はないように見えて、推測で摑もうとしていた真実が、するすると手の内から逃げていく。

と、そのとき。

「……つまり」

ぼそりと。

場にそぐわないくらい真剣で、突き刺すようなトーンの声が聞こえた。

それは小さく、こぼれるような言葉だったから、ひょっとするといまもまだご機嫌に話しつづけている遥ちゃんには聞こえていないかもしれない。

違和感を覚えた俺は、その声の主の表情を見る。

「……親子仲が良い……それに、肯定の言葉をたくさん与えられている……ってことは」

そこには目を伏せ、珍しく眉間に皺を寄せるような表情で真剣に、ぶつぶつと言葉を落としている菊池さんの姿がある。遥ちゃんが話していることを吸収するようにしながらも、ぐんぐんと思考を前に進め、静かに走りつづけているような。

「そのときお姉ちゃんが――」

「努力の理由……承認」

遥ちゃんが話すエピソードから菊池さんが拾っているのは家庭環境、そしてそこから得られる承認に関するワードだった。

ちらりと隣に視線を向けると水沢も違和感に気がついたようで、お互いに遥ちゃんと菊池さんへ交互に視線を向けて、目配せする。

「……あれは？」

「えーと……」

尋ねられ、俺は言葉に迷うけれど、たぶん俺は異質な風景の正体を、すでに理解していた。

いや、というよりも。

俺はきっと、これをどこかで期待していたのだ。

「菊池さんのなかで、動いてるんだと思う。……アルシアが」

「……はあ？」

それは、菊池さんの小説家としての表情だった。

菊池さんは沈んでいた目を爛々とさせながら、焦点の定まらないまま見開く。

「だからなにをしてても自分は間違ってないって思えて……」

親子の関係、楽しかった日々。遥ちゃんが話しているエピソードの断片を切り取って、組み合わせて。

「じゃあ……見失ってしまったのは後天的で……むしろ初めは……」

考えていたのは、これが一体どっちに転ぶのか、ということだった。

「──というのが、私の話したいことでした！」

やがて話し終えた遥ちゃんの笑顔は、氷のように冷たい表情をしている隣の菊池さんとは温度差があって。

「それじゃあ次は、私が知らないお姉ちゃんのことについても知りたいです！」

ほくほくとした顔のまま、その視線は菊池さんへと向いた。

「風香お姉ちゃんは、葵お姉ちゃんのことどんなふうに思うんですか？」

「……私、ですか？」

不意に話を振られたのにもかかわらず、落ち着いた返事。不思議な色をたたえた瞳の奥には、違う世界が映りこんでいるようで。

「私から見た、日南さんは……」

やがて菊池さんは、頭のなかを整理するように、けどまだぼーっとした調子で、ぼそぼそと言葉を落としはじめた。

それはまるで、間合いに入った獲物を、冷静に切りつけるような鋭さで。

「たぶん、いままで考えていたものとは違って——」

沈殿したものを攪拌し、それをつぶさに観察するように呟いている菊池さんは、俺たちからどこか遠く離れたところに存在しているような雰囲気を纏っていた。

止まった時間のなかで一人だけ動くように、菊池さんはゆっくりと息を吸う。

やがて紡がれた言葉は、おそらくは遥ちゃんの予想から、そして——俺の予想からも。

大きく、外れたものだった。

「——神様を失ってしまった女の子、だと思います」

射貫くように、放たれた言葉。

それがなにを意味しているのかはわからない。

けれど静かな重圧に、俺は圧倒されていた。

遥ちゃんはその言葉の強さからだろうか、それともなにかを理解したのだろうか、呆然と目を見開いている。まるで、菊池さんの言葉に身体を縫い付けられたように。

「温かい家庭……無償の愛。それがあったことは……驚きで」

菊池さんは、無表情のまま。

けれど丁寧に、一つ一つ確かめるように。

「歪んだ押しつけ、もしくはネグレクトのような環境であった可能性すら考えていたけれど、そうではないのかもしれない……？　ということはきっと、日南さんは……誰かを、もしくはその背後にあるなにかを、信じられていた」

ぶつぶつ、ぶつぶつと。

質量のある言葉を産み落としていくように、低く、どろりと粘り気のある声が空間にまとわりつく。

「最初はずっと、心が一つで満たされていたのだとしたら……世界と向き合うことも怖くなくて、そのたった一つのことだけで、すべてが大丈夫だったことも理解ができて……」

俺も、水沢も、遥ちゃんも。言葉を挟むことができなかった。

「きっとそれは、日南さんにとって、太陽のような存在」

誰かに説明するというよりも、薄い膜の内側にある漠然とした霧のようなものと対峙し、つぶさに観察して、思考の奥へと潜り、形作っていくような。

「誰かにもらった基準、誰かにもらった世界……誰かが教えてくれた、幸せ。きっとそのときその家は、どんな家庭よりも明るく暖かい空気に、満ちていたんだと思います」

細かい手がかりすら見逃さないとばかりに動きつづける、偏執的な視線。

どんどんと鋭く、切迫した調子に変わっていく語り口は、明らかにこれまでの菊池さんとは異質なもので。

「だから日南さんは完璧だった。光を浴びて、向日葵のように太陽の方を向きつづけていれば、それだけで自分が自分でいられた。呼吸しているだけで、世界のヒロインでいられた」

縛り付けるような視線が真っ直ぐ、遥ちゃんを刺す。

「でも――」

菊池さんは、複雑なガラス細工を、硬く冷たいアスファルトに叩きつけるように、

「――どこかで、それがぜんぶ」

異国のまじないのような、呪文を思わせる声色で、言った。

「ばらばらになって、こわれた」

息が詰まって、音が消える。

ぐぐ、とつばを飲み込むのに失敗したような歪んだ音がして、そこには心の底から驚愕したような、恐れすら読み取れる表情で菊池さんを見つめている遥ちゃんがいる。

「っ……げほ、けほ」

「……大丈夫？」

つばが気管に入ったのか、遥ちゃんは浅い息で咳き込む。それを心配して、小声で優しく声を掛ける水沢の声も、いまは少しだけ、こわばりが感じられた。

俺はそんな二人の様子を見て――いや、ひょっとすると、そんな様子を見るまでもなく、ただ内容を聞いただけで、理解できていたことかもしれない。

――菊池さんの言葉はおそらく、本来立ち入ってはいけない領域にまで達している。

「菊池さん、もう――」

俺が菊池さんを止めようと割って入ると、

「待って……ください」

そんな俺を制したのは他でもない、遥ちゃんだった。

だけど、遥ちゃんはそこから、言葉を続けない。いや、なにを言うべきかわからなくなっている、と言ったほうが正確だろうか。

喉を押さえ、咳をこらえながら、振り落とされないようにしがみつくような様子で、菊池さんを見上げていた。

「……遥ちゃん？」

声を掛けるが、遥ちゃんの視線は決して、菊池さんから逸らされない。

やがて怯えたように、けれどどこか、期待するように。

菊池さんに、問いかけた。


「どうして、わかるの？」


悪寒が、ぶわりと肌をなぞる。

いま遥ちゃんが零した言葉の意味。それはそう、難しいことではない。


届いてしまったのだ。

あの演劇のとき、菊池さんの書いたセリフが日南の仮面の向こうへ届いてしまったように。

菊池さんの想像力が、遥ちゃんの思う日南葵の像に、達してしまった。


「あのね。風香お姉ちゃんの言うとおりで……」

ゆっくりと、恐れるように語り出した遥ちゃんの声は、わかりやすいくらいに震えていて。

やがて、懺悔するように、零した。


「うちって――ちょっと、変なんです」

そのとき。


「遥ちゃん……!?」

水沢がいち早く異変に気がついて、俺も追ってそれを目にした。

やがて本人も一瞬遅れて、それに気がつく。

「……って、あれ？」

遥ちゃんの瞳から。

ぽろりと、涙が落ちていた。

「え……あ……ご、ごめんなさい……！」

菊池さんの目の色が、はっと我に返ったように変わる。焦ったように声を掛けるけれど、遥ちゃんの涙は止まる気配もなく、その場でぼろぼろと涙をこぼし、泣きはじめてしまった。

「遥ちゃん、大丈夫？」

「う、うん……」

水沢が優しく心配の声を掛けるが、遥ちゃんはなんでもない、と笑顔を作って、ただごしごしと、見られてはいけないものかのように、涙を拭きつづける。

「なんでもないわけないだろ、ほら」

どこから取り出したのか、ポケットティッシュを差し出す水沢は明らかにこういうトラブルに慣れているようだったけど、それでも表情には困惑が浮かんでいる。たしかに事情を知らなければ、推測すらしようがない状況だろう。

けど、俺だけはその涙の理由を、おそらくは察していた。

温かい家庭。

信じられていたもの。

そしてそれが——ばらばらに壊れた、という、呪いのような言葉。

そんなの、感情が揺さぶられたって、仕方がない。

おそらくは菊池さんの言葉が、呼び覚ましてしまったのだ。

亡くなった、姉妹の記憶を。

けど当然ながら、そんなことをみんながわかるはずがなくて。俺がそのことを知っていることすら、遥ちゃんは認識していないだろう。

「大丈夫……大丈夫ですから……！」

なんの事情も話せない遥ちゃんは、ただその寂しさとやるせなさを一人で抱えて、しばらくぽろぽろと、涙を流しつづけるのだった。

＊＊＊

「今日は、ありがとうございました！　それから急に泣いたりして、すみませんでした！」

大宮駅。

乗り換えのために一旦降りた俺たちは、二つの方向へ分かれるためにここで解散となる。

「ううん、こちらこそいろんなことを話してもらえて良かった。大丈夫だから、気にしないでね」

俺が、自分の恋人がしたことをフォローするように言うと、水沢もそれに乗ってフォローを入れてくれる。

「みんな、お姉ちゃんのことをなんとかしたい、って思ってる仲間だからさ。これからもよろしくな」

「……はい！　ありがとうございます！」

仲間意識を共有するように言う水沢の言葉にはたしかな説得力があって、起きてしまった事件のことを、過去へと薄めてくれた。

けれど。

「……ごめんなさい」

引き起こしてしまった当人は、遥ちゃんに届くか届かないかの声で、小さく謝罪することしかできずにいた。

そんな横顔を眺めている俺の肩を、水沢がつんつん、とつつく。

「文也(ふみや)」

「……うん？」

小声で俺を呼ぶ水沢に、俺も同じくらいのトーンで返す。

「とりあえず、ここで解散だけどさ」

そして菊池(きくち)さんのほうを見やって。

「――ちゃんと、フォローしてやれよ？」

＊＊＊

俺と菊池さんは、北朝霞の街を歩いている。

「……今日は本当に、すいませんでした」

「ううん。大丈夫。というか、誘ったのは俺なわけだし、俺も悪いよ。もしかしたらこうなるかもしれないって思ってた部分もあったし」

俺は頷きつつも、心の奥底は複雑だった。

今日起きた出来事を。

菊池さんの言葉を、遥ちゃんの涙を。

どう捉えるべきなのか、整理がついていなかったから。

「いつの間にか自分が暴走して、止められなくなってて……」

菊池さんは後悔するように言う。

「……本当に、最低です」

なんて言葉をかければいいのだろうか。

あんな出来事を招いた、菊池さんの一連の行動を、やりすぎだと諫めるべきなのか。

それとも、むしろよくやってくれたと、感謝するべきなのか。

いや——というよりも。

「……俺はさ。ある意味仕方ないことなのかも、って思うよ」

「え……？」

目を丸くする菊池さんに、俺は真っ直ぐ視線を返す。

「たぶん……あれが菊池さんの、業ってことなんだよね」

だとしたら、向き合うしかないのだと思った。

俺が自分一人で責任を背負い、自由の代わりに孤独を生きるしかないという業を背負っているのと同じように。

ある種の人はきっと、他のなににも代えがたい業のようなものを持っている。

物語を紡ぐため、自分の世界を深めるため、他者にも堂々と入り込んでしまうことが、菊池さんの業なのだとしたら。

俺はそれを否定してはいけないと思った。

だってそれは、俺が『ゲーマー』であることを、否定されてしまうようなものだから。

「……あそこまで気持ちが入って、夢中になってさ。やっぱり物語を書くのが、きっと菊池さんのやりたいことなんだよ」

正しいと言えるものなのか、突き進んでいくべきものなのかまではわからない。けど、それが菊池さんの本質なのだろう、という感覚は、本音だった。

だったら少なくとも。

在り方そのものを否定するような真似だけは、してはいけない。

考えるべきなのはきっとその、両立のしかただ。

「そうだと……いいですね」

菊池さんの顔は晴れない。俺はちょっと困りつつも笑顔を作った。

「うん。そうだよ」

「あの——文也くん」

「うん？」

「この間。……私は、一つだけわからないことがある、って言ったじゃないですか」

菊池さんは、俯いたまま言う。

「改めて『純混血とアイスクリーム』という小説を書いていって、キャラクターと向き合って。それでも一つだけわからないことがある、って」

言われて俺は、先日の会話を思い出す。

「日南の動機、だったよね」

「はい」

菊池さんは頷くと、覚悟したように、表情をこわばらせる。

やがて、ぴたりと足を止めてしまった。

「そのときは私も、そう思ってました」

影を震わせるようなトーンの声。

俺は数歩だけ進んだ先で立ち止まって、くるりと菊池さんに振り向く。

そこに立っている菊池さんは、背が丸まって俯いて、なんだか小さくて。

「……違ったんです」

悔しそうに言うと、唇を噛んだ。

「本当に知らないといけないことは、動機は、それじゃないって。……今日、気がついたんです」

「それじゃ……なかった？」

俺が言葉を繰り返すと、菊池さんはか弱い小動物のように頷く。

「日南さんじゃ、なかったんです」

静かで美しく、けれど深い絶望を感じさせる声。

菊池さんは澄んだ目で自らの手のひらを見つめて、沈んでいた淀みをそっと、すくい取るように。

攪拌されてすくい取られた泥を、自らの心臓に塗りたくるように。

冷たく、言った。

「——私の、動機だったんです」

言葉が、芯(しん)に近いところを冷やす。

「私はたぶん、誰(だれ)かを傷つけたことを反省していたように見せかけて、それでも本当は、見て見ぬふりをしていたんです」

自己嫌悪するように口角を上げて。

後悔するように服の裾(すそ)を、強く握って。

「言葉は、世界を色づけるだけじゃない。誰かを傷つけることもあるんだ、ってことから」

隠していた真実を自分に刻みつけるように、断定的な口調で。

「私が物語に託したメッセージは。キャラクターに言わせた言葉は。もう、決定的に誰かを——ううん。何人もの人を傷つけてる、ってことから」

それはきっと、菊池(きくち)さんの業を。

もしくは不誠実を、言い表していた。

「日南さんのことだけじゃないです。今日だって、私よりも年下の女の子に、動機が気になるからって、創作のためならしかたないよねって理由をつけて。つらい気持ちを抉ってしまったんです」

後悔するように、唇を噛む。

「……あんなふうに、傷つけてしまったんです」

たしかにそれは衝撃的な絵面で。

菊池さんの言葉が、一人の女の子の感情を、必ずしもいいとは言い切れないほうへ、振り回してしまった。業という名のエンジンで、想像力のキャタピラを駆動させて。すべてを押しつぶすほどに残酷な言葉の力で、遥ちゃんの心を轢き荒らしたのだ。

奥にしまい込んでいたであろう悲しい記憶を引きずり出したのは、間違いなく菊池さんの言葉だった。ひょっとすると、あの涙で浄化され、昇華される思いもあったのかもしれない。だとしてもそれは、液体窒素で患部を焼き切るかのような、乱暴な治療だったことは間違いないだろう。

「私はアンディ作品が好きで、だから小説を書きたくなって……」

出会ったころから言っていた。

カラフルな景色を見せてくれた、アンディ作品が好きなのだと。

そんな景色を教えてくれた小説を、自分も書きたいのだ、と。

「けど、そんなのって、ただの子供の憧れじゃないですか」

菊池さんは首を横に振る。

「いま私がしようとしてることってたぶん、子供の範囲を超えていて……」

「それは……」

否定の言葉が続かなかった。

だって、菊池さんの小説への思いは、そこから紡ぎ出される言葉は——もう、すでに。

一人が取れる責任の範囲を超えて、人に影響を与えている。

「……文也くん、教えてくれませんか？」

菊池さんは下唇を噛むと、縋るように。

片方の鎖が切れてしまったブランコのように力なく、もたれかかるように。

「私のしたいと思ってることは——」

崩れた笑みを貼り付けて、言った。


「小説を書くっていうことは——

本当に人の気持ちよりも、優先するべきことですか？」

呻（うめ）くような問いは、闇（やみ）の広がる谷底へ、空虚に響く。

「わからないんです。好きって気持ちだけがあって。そこから先に、理由がないんです」

そして、灰色の景色を言葉に変えるように。

縺（もつ）れて絡まった葛藤（かっとう）を、どろりと吐き出した。


「――私はどうして、小説を書くのか」


その問いは、自分という存在の根っこを問い直すような切実さに満ちていて。

「それがわからないうちは……先に進めないかもしれません」

同時に俺がいま、誰（だれ）かのために探している大事なものと、似たもののような気がしていた。

＊＊＊

その日の夜。

菊池（きくち）さんと別れたあとの俺は珍しく、北与野（きたよの）の公園のブランコに一人で座っていた。

なにをしていたわけでもない。けれど考えることが多すぎて、日常に戻れる気がしなくて。

ただぼんやりと、一人になれる時間がほしかったのだ。

人はきっと——前に進むために、理由を必要とする。

やりたいという気持ちがエンジンで、突き進むための能力が地面を走る車輪だとしたら。

理由はきっと、それらをつなぐ歯車のようなものだ。

菊池さんのように気持ちと能力が揃（そろ）っていても、理由を失ってしまえばたちまち、前に進むことはできなくなる。

逆に理由さえ見失わなければ、車輪がボロボロでも少しずつ、前に進むことができて。前にさえ進めていればいつか、大きななにかを摑（つか）むことだってできるかもしれない。


人は結局のところ、揺らがない理由さえあれば前に進むことができて。

逆に理由を失ってしまったら、ほかにどんなものが揃っても、空っぽになってしまう。

きっと、日南葵（ひなみあおい）も、そうなのだ。

『うちって——ちょっと、変なんです』

言葉が、頭に引っかかっている。

「変……か」

『理由』が歯車なのだとしたら。

日南は、そして遥ちゃんは。少し変な家から、理由をもらっていたのだろう。

遥ちゃんから話を聞いたとき、菊池さんがつぶやいていたことを思い出す。

『日南さんは……誰かを、もしくはその背後にあるなにかを、信じられていた』

『たった一つのことだけで、すべてが大丈夫だった』

『きっとそれは、日南さんにとって、太陽のような存在』

太陽のようななにかが、日南にとっての理由になっていたのだとしたら。

いま日南の輝きが遥ちゃんの太陽になっているように。

日南もいつかは、その輝きに向かって進んでいたのだ。

——それが、ばらばらになってこわれた、とは一体どういうことなのか。

言葉を聞いたとき、ばらばらになったというのは亡くなった妹のことを指しているものだと直感的に思った。けれど、壊れたものが『日南が信じていた太陽』だと仮定するなら、その結論には少し違和感が残る。

まったくない話ではないけれど、年下の妹を太陽として憧れにするというのは、あまり自然な状態とは言いづらいからだ。

だとすると――あの言葉は、なにを指していたのだろうか。

日南は、なにを失ったのだろうか。

あのあとすぐ遥ちゃんに、心配のＤＭを送ったけれど、まだ返信は来ていない。明らかに心の柔らかいところを抉ってしまって、本当に悪いことをしてしまった。毒になるか薬になるかとは思っていたけれど、ひょっとしたら猛毒を引いてしまったのだろうか。

「……あー、難しいな」

考えることが、山ほどあった。俺がいま引っかかっていることを菊池さんに話して、その想像力や洞察力の力を借りたら、あっという間に答えに辿り着いてしまうのかもしれないとも思う。けど、菊池さんはいま、自分の業に悩んでいる。そんな余裕はないだろうし、そこに頼ってはいけないと思った。

「なら俺が……一人で」

一人、孤独、自己責任。

結局のところ、人生とはいつだってそうなのかもしれない。

「と――――ぉっう！」

――そのとき。

背後からの衝撃とともに、視界が揺れた。

夜の公園、背後から突然の暴力と聞くとどう考えても命の危機なのだが、あまりにも聞き慣れたその声と衝撃、そしてここが北与野（きたよの）であるということを思い出して、俺は確信とともに振り向く。

「なにやってんだ……みみみ」

そこにはウィンドブレーカーにランニングシューズというスポーティな出で立ち（いでたち）のみみみが立っていた。

「いやーっ！　奇遇ですねえ」

「奇遇って……なんでここに？」

するとみみみは、怪訝（けげん）な表情で俺を見る。

「いや、それはこっちの台詞（せりふ）なんですが？」

「え？」

するとみみみは俺の座っているブランコの鎖を雑に摑（つか）んで、じゃらんじゃらんと揺らす。俺ごとめちゃくちゃ揺れて、おわおわおわ、と情けない声を出してしまう。

「たぶんブレーン、ここに三十分以上いるよね？」

言われてスマホを取り出し、俺は時間を確認する。

「え、なんでそれを」

というよりも、下手したら一時間以上ここにいるかもしれない。考えごとが長い男だぜ。

「やっぱりぃ」

みみみはは あ、とため息をつくと、俺の隣のブランコに座った。

「この辺ランニングしてたんだけど、出発したときに、なんか明らかに子供じゃない人がブランコに座ってて、めちゃくちゃ怪しいなーって思ってたの」

「う……」

めちゃくちゃ怪しまれていた。なんか俺最近、街に出る変質者の疑いかけられること多くないですかね？

「で、ぐるっとランニングしてきたのに、まだ座ってて……これはもしかして通報案件かと……」

「俺また通報されかけてた!?」

「また？」

思わずブランコから立ち上がりながらツッコミを入れる俺に、みみみが首を傾げた。やはり最近の俺は通報に縁がある。そんな縁はいらない。

「で、よーく見たら見覚えのあるブレーンでした、と」

「はあ……疑いが晴れてよかったよ」

言いながらまた座り直す。じゃり、と静かに鎖が鳴って、俺も息をつく。

「っていうかね、私は実は結構、ブレーンを見かけることあったんですよ⁉」

「え、そうなのか」

だったら声をかけてくれていいのに、と思いつつ言った。

「けどさ、なんか妹さんと一緒だったり……まあ、それからほら、風香ちゃんと付き合ってからはさ、あんまりそういうのも遠慮しちゃうじゃん？」

「あー……」

俺が菊池さんに心配をかけ、寂しくさせてしまっていた時期。みみみは下校のときに北与野から俺と一緒に帰ることも遠慮してくれていた。

「だからまあ、いまもブレーン一人のときに声かけるのって、ちょっとだけルール違反だったりするのかなーって思ってるところもあるんだけど」

「そこまで気にする必要……は」

言いかけて、けれどそれは俺だけが決めることじゃないと思い直す。

「ど、どうなんだろう……？」

真剣に悩み始めてしまう俺を見て、みみみはさらに焦ったように、

「て、ていうかこの間も！　風香ちゃんがいる前でブレーンにがっくん！　とかやってしまって!!」

「あー……あったな」

「あ、あれはよかったんでしょうか!?　つ、つい勢いで、なんて過ちを！　過度な、過度なボディタッチを!!」

具体的な行動まで言語化して、なんかすごく後悔している様子だ。

「たぶん……大丈夫だと思うぞ。菊池さんも笑ってたし」

「ほ、ほんと!?　けど女の子という生き物はつらいときにこそ笑顔になるもので……！」

「なんか実感が伴ってて反応しづらい……」

女心に疎い（うと）オタクという生き物である俺からしても、まさにみみがそういうタイプだということは、付き合いが長いしさすがにわかっていた。

「まあ、風香ちゃんも気にしてなさそうなら安心したっ！」

俺は話しながら、感心してしまう。ただ盛り上げるだけじゃなく、こうして変わっていく人間関係に合わせて、自分の立ち振る舞いまで変えようとして。

「……ありがとな」

ぼそりと言うと、みみみはにっと笑って胸をどんと叩（たた）いた。

「おうよ！」

「でも……だったら今はなんで、話しかけてきたんだ？」

そんなわけで俺は話をそらす意味も込めて、本題に戻す。

「あはは。それ、自分でわからない？」

まったくわからなかった俺が眉をひそめると、みみみはからかうように笑った。

「なんか、遠くから見てもわかるくらいわかりやすーく、私悩んでまーすって感じだったから」

「う……」

言われて恥ずかしくなってしまう。なんか物に当たったり明らかに不機嫌な動作をして周りに構ってもらおうとする人を見てうわぁと思ってきた人生だったから、それに近しいことを自分がやってしまっていたと思うと顔から火が出る。たしかにブランコに一時間座りつづけるなんて、知り合いに見つかるまで帰らんみたいな感じで粘っていたと思われてもしかたない。

「大の大人が一人でブランコに座るのなんて、彼女に振られたときかリストラされたときと相場は決まってるからね！」

「う……けどまあ、そのどっちでもない」

「あはは！　ブレーンの場合はそうだろうね！」

みみみはからっと笑う。

そして自然な表情のまま前を向いて、俺の言葉を待ってくれる。

「……実はさ」

だから俺も、話してみることにした。

日南の家の前で待ち伏せをしたら、日南の妹である遥ちゃんと出会ったこと。

菊池さんと水沢と出かけたこと。そしてそこで、菊池さんが遥ちゃんに突きつけたもの。

そして、その結果生まれた歪みと――小説を書く理由、という、難問のこと。

みみみは俺の話を、ふらふらと不安定に揺れるブランコの上で、じっと聞いていた。

「んー、そっか」

頭を捻って考える。

「正直私には、葵の過去になにがあったんだろーとか、風香ちゃんがなにを優先するべきなんだろーとか、そーいう難しいことはわからないんだ。頭を使うのは、ブレーンの専門なわけです！」

みみみは広げた手の甲を自分に向け、その爪を見つめた。

「でもね。たぶん、私だからわかることもあって」

「みみみだから、わかること？」

頷くと、力を抜き、みみみはその手をウィンドブレーカーの上に落とす。しゃり、という乾いた寂しい音が、澄んだ公園の空気をゆらした。

「遥ちゃんの気持ち！」

みみみがブランコの上で立ち上がると、鎖ががらんがらんと波打って鳴る。

「私もさ……ずっと思ってたんだもん」

「……思ってた？」

みみみはいつもより少し空に近づいたその場所から、星と月を見上げる。

「葵みたいになりたい、って」

星の光の青白さが、みみみの陶器のような肌に向かって、静かに降っていた。

「葵ってさ、そういう存在なんだよ。輝いて見えてて、でも届かなくて。ひょんなときに、心から前を向けるような言葉をくれて。そんなところが、大好きで」

言うことは痛いくらいに、理解できた。

「だからわかるの。たぶんね。遥ちゃんはいま、心配なだけじゃなくて……怖いと思うんだ」

「怖い？」

「うん。――ほっ」

勢いよくブランコから飛び降りると、鎖ががらがらと暴れる。

ランニングシュースで砂利を踏む音が、がらんどうな公園を満たした。

「葵っていうキラキラ輝いてる女の子が間違ってたなんて、思いたくないはずなんだ」

「……それはそうだよな」

俺が納得して相槌（あいづち）を打つと、

「ブレーン、ホントにわかってますかぁ？」

「え？」

みみみの顔が近くに寄る。思わぬタイミングで詰められて、俺は思わず目を背（そむ）けた。

「自分が憧（あこが）れてる人が不幸になるっていうのはね？　自分が不幸になるっていうのと、同じことなんですよ？」

「えーと。それは……推しの幸せが自分の幸せ、みたいな？」

「うーん。……半分正解だけど、半分はぜんぜん違うかなっ」

「う……」

ぜんぜん違うって言われました。みみみクイズは難しいぜ。

「だって、その人が自分のお手本なんだよ？　自分は、そうなりたいって思ってるんだよ？」

「そうだな」

「もし――自分がお手本にしてる人が不幸そうにしてたら、これからの自分って、どうなると思う？」

「あ……」

そこで、俺も理解できた。

だって俺には、まあいわゆる推しのような存在はいないけれど――お手本って話なら、それはもうハッキリと一人いた。

「お手本が間違ってたら、その人みたいになろうとがんばっても、幸せになれない、ってことだよな」

「そーいうこと！」

くるりと回ると、みみみはブランコの柵に腰掛ける。

「大事なのはね。自分がそれを信じられなくなっちゃう、ってところなんだよ」

「信じられなくなる……」

「自分が『これが正しいんだ！』って思えてた基準が信じられなくなったら、なにをしてても、自分は間違ってるのかなって気持ちになっちゃうでしょ？」

感覚的なようで、とても理屈の通った話だと思った。きっと人は憧れに自分を投影して、理想の自分を見ている。そんな憧れが不幸だったとき、自分の幸せを信じることができるだろうか。

日南が自分の頭を指差し、ここに攻略本がある、と豪語したときのことを思い出す。俺は日南の実績と、そしてあふれる自信に正解を見出だし、日南をお手本として努力をしてきた。それは日南葵のことを、NO NAMEのことを信じられたからと言っていいだろう。

もしもその頃に、日南がリア充から転落する姿でも見ていたら。俺は当然、日南のやり方で人生攻略を続けることはできなかったはずだ。

「だから、遥ちゃんもね。完璧なお姉ちゃんって物語を、嘘だと思いたくないはずなの」

「そうか……」

それは菊池さんが言っていた『太陽が壊れる』ということの、一部を指している気がした。

「遥ちゃんがそう思ってることってさ……たぶん、日南も気がついてるよな」

「……絶対、そうだと思う」

遥ちゃんから憧れられているのに、折れてしまった自分を立て直すことができなくて、家にこもってひたすらにアタファミをやっている。そんな状態、かつては完璧を目指していた日南葵が、望んでいるはずがない。

「ね、ブレーン」

優しい覚悟を感じる声で言うみみみは、俺と同じことを考えている気がした。

「友達ってさ、助け合うものだよね」

みみみの表情は、こんな状況にもかかわらず、希望に満ちていて。

だから俺も、ブランコに体重を預けるのはやめる。

勢いで鎖を鳴らし、視線を合わせた。

「私、葵に助けてもらってばっかりで、こっちからは全然助けられてないんだ」

計算も打算もなく、ただ相手のことだけを思う表情は、真っ直ぐ前を向いている。

「だから葵のこと、助けたい」

そして、にっと目を細めたその表情は、柔らかいながら決意に満ちていて。

「葵と、ほんとうの意味で友達になりたい」

「……そっか、そうだな」

そしてみみみは、悪戯っぽく、

「ねえ友崎、私たちが仲良くなったきっかけ、覚えてる？」

「え？　家庭科室で話したとき、のことか？」

「そーじゃないよ！　それよりもっと仲良くなったきっかけ！」

そしてみみみは、楽しそうに、懐かしむように。

「生徒会、でしょ！」

「……あ」

みみみは過去のことを話しているのに、視線は真っ直ぐ、前を向いている。

「ねえ友崎。ううん、——ブレーン！」

そして勢いよく。

「私たち二人でもう一回、挑戦してみない？　——生徒会に！」

4　どんなにレベルを上げても、運と乱数が悪ければゲームは終わる

翌日。月曜日の放課後。

俺たちは生徒会室に乗り込んでいた。

「たのもー！　看板をよこせー！」

勢いよくドアを開けながら、通る声で宣戦布告をするみみみ。やめろ、余計なものを要求するな。

「みみみ先輩、どうしたんですか？」

突然の闖入者（ちんにゅうしゃ）に、生徒会のメンバーと思われる生徒たちがざわつく。生徒会室には五人ほどの生徒と一人の先生がいて、その視線がすべてこちらに集まっている。

「ふっふっふ、助太刀いたす！」

「はい？」

親切に話しかけてきたであろう下級生相手にも意味わからないことを言って、きょとんとされている。これで人望があるのだから、日々の積み重ねって大事だね。

そして俺はというと、みみみに注目が集まる中、生徒会室の様子を観察していた。新しいクエストではまず観察。もう染みついた師匠の教えだ。

生徒たちは机を向かい合わせにくっつけてボードゲームのようなものをしていたり、かたやパソコンで事務をしているかと思いきや、なにやらChatBot的なもので遊んでいたりなど、あまり生徒会活動にしっかりと向き合っている人はいない様子だった。

これが日南がいる前からなのか、いなくなったからなのかはわからないが、恐らく後者だろう。空気を作っていた中核が抜けて、ガス欠を起こしてしまったような印象を受ける。

「えーと、助太刀って……?」と生徒の一人が尋ねると、

「もちろん、この生徒会のお手伝いだよ!」

生徒の一部が「おお!」と色めき立つ。まああれだよな、生徒会選挙で日南と争い、結果としては負けてしまったもののかなりのインパクトを残したみみみが、このタイミングでやってくる。日南が抜けた穴を埋める役としては、まさにこれ以上ない適任だろう。

「あのー……実はいま、ちょっと困ったことになってて」

「みみみ先輩なら、なんとかなりますかね……?」

生徒会室の面々が次々に賛同の色で染まっていく。ここでなにか揉めたらいっちょnanashiががんばるか、とか思っていたんだけど、どうやら大丈夫そうだ。

「あー、ちょっと、待て待て」

流れを断ち切ったのは、生徒会顧問の村松先生だった。四十代ほどの体格の良い男性教師で、たしか特進クラスの主任とかをやっていた気がする。むんと結ばれた一文字の唇からは

意志の固さみたいなものが見て取れて、交渉相手としてはなかなか強敵そうだ。

「どーしましたか村松先生！」

みみみが明るく言うと、村松先生は太い眉毛を動かしながら、一歩みみみに詰め寄る。

「たしかに助かるがな。生徒会と関係ない人を入れるわけにはいかないんだよ」

規則なので、という厚い壁。まあ担当教諭としては譲れない一線ということだろう。俺はこの場をどう凌ぐかを考えつつ、みみみの出方も窺う。

「けど先生、私が生徒会選挙に落ちたときに、会長じゃなくていいなら生徒会に入ってみないか、って言ってくれましたよね？」

「あー、言ったような気もするが……」と村松先生は首を捻る。「けど七海、断ったよな？」

「はい！」

断ったのかよ。それじゃダメだろ。やはり屁理屈を伴う交渉は俺の出番だろうか、と俺があの手この手で言いくるめる道を考えていると、

「そのとき、こうも言ってくれましたよね！『気が変わったらいつでも来ていい』って！」

「はあ。たしかに言ったような気もするが……」

村松先生が表情を引きつらせている。やがて、みみみはドヤ顔で。

「――いま、気が変わりました！」

「いやいや、あのな……」

俺はそんな村松先生の様子を見て、一つ閃く。

「あのー……」

そして、どこか共犯者のような口調で、こう伝えた。

「事前に誘ってたなら、七海さんだけを特別扱いにしたことにはならないと思いますよ」

恐らく村松先生が気にしているのは、みみみが生徒会に入るということ自体ではない。というかみみみの加入に関しては、生徒会の状況を見るに、歓迎とすら思っているだろう。

ただ、これを許すと生徒会役員ではないはずの人物が、誰かの一存で途中参加したことになる。現場を管理する立場上『例外』を作るわけにはいかない、という判断なのだろう。

逆に言えば、この停滞してしまった生徒会を再び動かせるかもしれない、という意味ではむしろ、本音のところで利害が一致している可能性が高いのだ。

言い訳を与えてやるように、点と点をつなぐ線を提案するように、俺は先生に告げる。

「先生はこういうときのために、『いつでも来ていい』って、七海さんに生徒会に入る道を残しておいてくれたのかな、って思ってたんですけど……」

「む……まあ、そういうふうに考えることも……ふむ」

そしてその言い訳をゴールまで繋いでやると、村松先生の一文字に結ばれた唇が、ふっと緩むのが見えた。そしてそこに、みみみがダメ押しの一撃を入れる。

「お願いしますーっ!!　このっ!!　通りですっ!!」

ダメ押しの一撃。つまりは誠意と声量だ。デカい声は説得力を十倍にする。

やがて村松先生は両眉を上に持ち上げると、ふっと息を漏らした。

「まあ正直……いまのままではイベントの存続すら怪しいと思っていたからな……」

そしてぐるりと、意見を募るように教室を見回した。なんなら思ってもみないエースの登場に色めき立っている雰囲気すらそこにある。

「まあ、みんなの反対もないようだし、手伝ってもらうぶんには生徒会としても助かるよ」

「ありがとうございます！」

みみみとともに先生に感謝をすると、みみみは高らかに宣言する。

「と、いうことで皆の衆！　生徒会長代理に任命された七海みなみを、どうぞよろしく！」

「なんか大役を勝手に仰せつかってる!?」

「ってことはですよ！　つまり、友崎は〜？」

みみみはたはーっと笑いながら、俺の脇のあたりをえいえい、と肘で突いてくる。

ノリノリで言うみみみに、ため息をつく。けれどやがて、俺は楽しかった時間を思い出すと、にっと笑みがこぼれた。

「——ブレーン、だよな」

「大正解っ！」

ぴんぽんぴんぽーん。ご機嫌に笑うみみみには、少し前のような遠慮は見えなかった。

「それじゃあ、よろしくねっ！」

言いながらみみみは、手を宙に掲げた。

「はいはい、よろしくな」

雑に返しながらも、実は俺もちょっと愉快な気持ちになっていた。だって実際、あのゲームをしていた期間は、心から楽しかったからな。

——ぱちん。

共犯関係結成の音が、生徒会室に気持ちよく響いた。

＊＊＊

「さてさてブレーン、それで私たちはなにをしましょうか」

「はっはっは、相変わらずノープランなんだな」

その日の帰り道。俺たちは歩きながら作戦会議をしていた。

「もちろん！　そのためのブレーンですから！」

とはいえ、考えることはそこまで複雑ではない。

みみみに頼んで生徒会メンバーに現状を聞き取ってもらったところ、どうやら生徒会は主に日南(ひなみ)の人脈を頼りにして進路研究会に呼ぶゲストの候補を出し、順に連絡を取っていたらしい。けど、その途中で日南がいなくなってしまい、現状声をかけた人にはすべて断られている、とのことだった。

ふむふむ、つまり。

「なにも進んでないってわけだ」

「むしろ引き継ぎがなくて清々しいね！」

たはーっと笑うみみみに、俺も笑みを返す。

「じゃあ……誰を呼ぶのかって話になると思うんだけど、誰か思いつく人いたりするか？」

「う～～ん。なるべく有名人とか、ってことだよね？」

「たぶん……聞いた話では」

なにしろ俺はそのイベントにまったく興味がなかったからな。人生攻略をしていないころの学校生活の記憶は同じ『なにもなかった一日』として統合されて失われているため、実質一日分の記憶しかない。つまりメモリを無駄遣いしていないということになる。羨ましいだろう。

「お母さんは美容系の会社に勤めてて、そういう知り合いもいるかもしれないけど……こういうのにモデルの人呼ぶとかは、ちょっと違うよね」

「うーん、なくはない気がするけど……どうだろうな」

たしかに、めちゃくちゃ正解、という感じもしない。あと、結構お金がかかりそうだ。

「逆にブレーンは、誰かいないの！　有名な人の知り合い！」

「いや、俺は——」と言いかけてそこで気がついた。「あ」

そういえば俺はここ最近、大人の世界にも足を踏み入れて。いままで知り合うことのなかった世界の人と、話すようになった。

そしてそのなかに一人、ぴったりな人材がいる気がした。

「おおっ！　誰かいたんですね！」

俺は頷き、現実的に考えてみた結果——実際そこそこ悪くない案だな、と思う。

だってその職業はたぶん高校生ウケがよくて、恐らくその人も人前で喋り慣れていて、なにより俺からも頼みやすい。

「いたかもしれない。詳細について——俺が個人的に話を聞きたい、って思える人」

＊＊＊

翌日の昼休み。

「そうなんですね……生徒会に」

「うん。それで、だったら菊池さんには報告しないといけないな、って」

「はい……ありがとうございます」

俺は久々にやってきた図書室で、みみみと話したことを菊池さんに共有していた。

遥ちゃんについて交換した意見、そして生徒会を手伝う件についてだ。

「でも、少し興味深いです」

菊池さんは手に持っていた天文学の本を机に置きながら言う。

「自分がお手本にしてる人が不幸そうにしてたら……ですか」

「……うん？」

食いつくのはそこなのか、と少し思った。菊池さんが触れたのは、生徒会についてではなく、その前のみみみとの会話についてで。琴線に触れたのか、菊池さんは言葉を繰り返しながら、考えるように目を伏せると、やがてはっと気付いたように顔をあげた。

「えっと……それで、進路研究会のほうは……大丈夫なんですか？」

「あ、うん。実はそれはもう、目星がついてて」

移った話題に頷くと、菊池さんは意外そうに目を丸くした。

「そうなんですか？　ゲストですよね？」

「うん。最近オフ会で知り合った人に、頼みたいんだ。だから今度、大会でも行って相談してみようと思ってて……」

「大会……なるほど」

それで恐らく誰を誘いたいのか、察しがついたのだろう。けどそれと同時に、菊池さんの表情が曇ったのがわかった。

「えっと……そこには……。……いえ、やっぱりなんでもないです」

なにかを言いかけるが、やがて迷ったように、菊池さんが言葉を止めてしまう。

「あのさ、菊池さん」

だから俺は、自分からそれを言う。

「一緒に来てほしいんだ、その大会」

「え……」菊池さんを目を丸くする。「け、けど私は生徒会も関係ないし……」

「俺も実際は関係ないよ？　生徒会」

なんせ即席の生徒会長代理の、さらにそのブレーンなわけだからな。

「でも……」

「心配、かけたくないんだ」

菊池さんは、はっと小さく口を開いた。

きっと菊池さんがさっき言いかけた言葉は——その会にレナちゃんがいるのかということだろう。あとはひょっとすると、みみみと二人っきりで行くことを心配してのものだったのかもしれない。

なら俺は自分のしたいことをするために、そして同時に菊池さんという彼女を思いやるためにも。しっかりと考えて、いろいろなことを両立させていきながらも、前に進んでいきたい。

きっとそれが、人生ってものの戦い方なのだ。

＊＊＊

数日後の日曜日。

俺は菊池さんとみみみと一緒に、都内のイベント会場に来ていた。

「おお～っ！　こういうところでやるんだね！」

「広いですね……」

みみみと菊池さんがあたりを見渡しながら、感想を言い合う。

俺たちがいるのは池袋(いけぶくろ)のｅスポーツスタジオで、白と黒を基調にした内装のなかに、ずらりと八十台ほどのゲーミングＰＣとモニターが並んでいる。すべてを使うわけではないけれど、レンタルするとなるとこのスペースもセットで使えるらしい。正面には配信用のステージがあり、めちゃくちゃ巨大なマルチディスプレイが設置されている。

ここで行われるのは、有志によって開催されているアタファミの大会だ。

「俺も初めて来た。なんか、思ったよりもカッコいい感じだな」

「うんうん！　内装きれい！」

みみみも頷(うなず)いてくれたので、ドラゴンの裁縫(さいほう)箱を選ぶ俺のオタクセンスでカッコいいと思ったわけではなく、ちゃんとお洒落(しゃれ)であると思ってよさそうだ。ちなみに菊池さんは圧倒されて飲み込まれてる感じだったので、誰もがカッコいいと思うわけではなさそうだ。

今日の大会は大型連休などに行われるものと比べると規模感は小さいものの、YouTubeで生配信されるなどの環境は揃っている、小規模～中規模大会といったところだ。

そして俺がここにみみみと一緒に足を運んでいるのは――

「やあ、nanashiくん」

そこにやってきたのはそのお目当てのプロゲーマー。

「あ、足軽さん。お疲れさまです」

俺が進路研究会のゲストに頼もうとしているのはほかでもない、足軽さんだった。

職業として新しいプロゲーマーという肩書きは、恐らく高校生の興味を引くこともできるだろうし、生放送や動画などで自分の喋りを発信しているから、ステージの上で話す能力という意味でも文句ないだろう。もしも去年の演歌歌手みたいな感じで実技披露のようなコーナーを作れたとしたら、プロジェクターなりなんなりでゲームをプレイしているところを見せるなどすればわかりやすく盛り上がりそうですらある。

つまり、なんかめちゃくちゃ適任だ。

「ごめんね、わざわざ来てもらっちゃって」

足軽さんは、ちらりと菊池さんとみみみのほうへ視線をやって。

「彼女さんは前にも会ったね、それから……nanashiくんの同級生かな?」

「え？　あ、はい！」

みみみは一瞬nanashiという聞き慣れぬワードに困惑していたようだったけど、すぐに理解して頷いてくれた。さすがの対応力だぜ。

「初めまして。僕はアタファミプレイヤーの足軽です。……ってこれ、女子高生に名乗るのは恥ずかしいね」

「初めまして！　nanashiと呼ばれてる男の同級生の、みみみです！」

「み、みみみ……？」

足軽さんはハンドルネームを名乗るのを恥ずかしがってたけど、みみみ相手には問題なかったようだった。めちゃくちゃ特殊なパターンである。

そんなことを考えていると、どうしてか足軽さんはみみみの姿と俺を見比べながら、なにやら考え込んでいる。

「しかし……nanashiくん、きみってやつは……」

冷静に、けれどじとーっとした声で言われる。これはあれか、前に彼女を連れてきただけにはとどまらず、今度は別の女を同時に……みたいに思われてる可能性がある。

「違うんです。生徒会でイベントの運営をしてまして、みみみと俺がメインでやってるので」

俺が言い訳っぽく言うと、足軽さんはふむ、と一拍おいた後で。

「ははは、大丈夫だよ。ただ、炎上には気をつけてね」

「だから、そういうんじゃないんで！」

そんなふうにインターネットのノリが濃い会話にいまいちついてこれていないみみみと菊池さんは、きょとん、と首を傾げていた。助かるぜ。

「っていうか、そんなことよりも！」

「ああ、打ち合わせかい？」

「ですね。始まる前に済ましちゃいたくて――」

などと会話していると、「足軽さん！」と運営スタッフが、焦り気味に声をかけてくる。

「オープニングの解説席お願いしていいですか!?」

「ああ、うんいいよ。……ごめんねnanashiくん、ちょっと待っててもらえる？」

「あ、はい」

そして足軽さんは、配信用の解説席へと行ってしまった。

「人気……なんだねえ」

「まあ、人気プロゲーマーであり、動画投稿者だからな……」

ステージ横の実況解説席に座り、ヘッドセットを調整する足軽さんを見る。近くにいた俺よりやや年下くらいの男の子と、こちらを見ながらなにか話しているけど、スタッフとかだろうか。

「それじゃ、ちょっと見ながら待つか」

「うん、そーしよっか」

「は、はい！」

みみみと菊池さんは、俺と一緒に観戦席に座る。その視線は実況解説席に向けられた。

専門的な知識を喋って、ときにユーモアを挟みながら盛り上げる。まあこれは足軽さんが普段エンタメ系の動画も上げているタイプのプロゲーマーだからなんだけど、人を楽しませることがプロゲーマーの仕事なのだとしたら、この能力もきっと、武器の一つなのだろう。

「……文也くんも、ああいうふうになろうと思ってるんですよね？」

「だね。プロゲーマー」

この大会の出場選手について、解説を始める足軽さん。さっきとは表情と声のトーンが一つ明るくなっているのが、この距離からもわかる。……そんな姿を見ながらぼんやりと。

じゃあはたして俺は、どんなプロゲーマーになりたいのだろう、そんなことを考えていた。

＊＊＊

「ブレーン、なにやってるの？」

観客席に座ってスマホをいじっていた俺に、みみみが声をかけてきた。

「女にＤＭ!?　浮気か!?　ナンパか!?」

「いや、違うって。水沢(みずさわ)みたいなことを言うな」

俺は、その画面を堂々と見せた。

「あ……」

「遥(はるか)ちゃんに、連絡してる」

コクーンに行った帰りに心配の連絡をしてから一週間。結局遥ちゃんからまだ、返信はない。それでも心の整理がついたときに連絡がしやすいよう、たまに連絡するようにしていた。

「お姉ちゃんの生徒会、手伝ってみてる、って」

「……そっか」

今日はほかでもない日南(ひなみ)の不在で停滞した生徒会の業務を引き継ぎ、そのゲストに依頼をしにきたのだ。日南に憧(あこが)れて生徒会長にまでなった遥ちゃんには、そのことを伝えておきたかった。

「完璧(かんぺき)な生徒会長っていう日南の物語を、俺たちが引き継いでるわけだからな」

「あはは っ！　そうだね！」

こうして生徒会としての仕事をするために三人で来たのには、ただ生徒会のためという以上の理由がある。……遥ちゃんが信じられるものを守るという、大事な理由が。

「まだ、中学生だもんね。私もなんかあったら相談のるよ！」

踏み込みすぎず、けれど無関心すぎない、心地(ここち)よい距離感。みみはこうしていつでも相手を立てるような立ち振る舞いをして、ちょうどいい言葉をくれる。俺はいま、この状況を言い訳にしてそれに甘えてしまっているのだろう。

「……おう、ありがと」

「あれー？　文也くーん」

首筋をくすぐるような、鼻にかかった声がした。

「久しぶりー。来てたんだぁ？」

「おおう!?　……レナちゃん」

「っ!?」

俺の呼んだ名前を聞いて、菊池さんが肩をふるわせる。いや、そりゃそうだよな。

目の前に歩いてきたのは、レナちゃんだ。

相変わらず体のラインがしっかりと出た服の下に、今日は襟付きのシャツのようなものを着ていて、偽りの清楚と色気が同居している。頭にカチューシャと言うのだろうか、いわゆるゴスっぽい髪飾りをつけていて、なんとなくオタクを惑わす闇の地雷系という雰囲気を醸し出している。こういう場で一番出くわしたくない人と会ってしまった。

明らかに菊池さんの表情がこわばっていくのがわかる。

「ブレーン、知り合い……？」

「うん、一応……」

「えー……」

まだほぼなにも喋っていないのに、ただ知り合いだというだけで、みみにもめちゃくちゃ渋い顔をされた。もう存在自体が女の敵なのだろう。俺もそう思う。

「ふ、文也くん……」

菊池さんが俺の名前を呼んでいる。

そりゃ菊池さんからしたら俺たちが喧嘩をしてしまった一番の原因なわけだし、明らかに警戒度SSSランクの要注意人物だ。レナちゃんはなにかしらのベリーとバニラが混ざったような甘い匂いをまといながら、ぬるりと俺の近くまで歩いてくる。この香りは何度も嗅いだことがあって、いろいろな記憶が蘇ってきてしまう。

「あー？　文也くんが文也くんって呼ばれてるー」

「っ！」

挑発的、かつ見下したような余裕のある態度でレナちゃんは菊池さんを見た。

「えーなになに、どういう関係？」

言いながら、レナちゃんはめちゃくちゃスムーズに俺の腕を取る。一瞬その柔らかさが腕越しに伝わるが、

「だから、そういうのは――」

俺がそれをすぐに払った――そのとき。

「やめてください！」

湧き水のように澄んだ声に、珍しくざらつきがある。

ハッキリと意思を示したのは、菊池さんだった。

「えー、どうしてあなたが言うのー？」

「だ、だって……」

菊池さんは立ち上がり、きっとレナちゃんを睨みつけて。

「わ、私は、文也くんの彼女なので！」

自らの陣地を主張するように、必死に涙目になって。けれどレナちゃんはそんなこと意に介さないように、まじまじと菊池さんを眺める。ほとんど品定めと言っていいような視線に、菊池さんは圧倒されるように表情を歪めた。

「あ。そうなんだぁ。話には聞いてるよー」

にっこりと、屈んで視線を合わせながら。

「かわいいねぇ」

蛇のような笑みを浮かべて言う。なんというかその言葉は、自分の脅威としてのかわいいというよりも、妹だとかペットだとか、そういう自分に害を及ぼさないものに対して余裕を持って向けられる『かわいい』の響きだった。

見下すような視線を察したのだろうか、それともなにか、腹に据えかねるものがあったのか。菊池さんは自分を鼓舞するように唇を噛むと、レナちゃんに向けて一歩足を踏み出した。

「あ、あの!!」

菊池さんは、やや俯きながらも必死にレナちゃんの顔を見ている。その頬は赤らんでいて、緊張や力みがこれでもかというくらいに見て取れた。一方レナちゃんは面白そうに口角を上げていて余裕たっぷり、なんかたしかにこういうところは日南っぽさがあるよな。

「私、あなたに言いたいことがあって!!」

珍しく額に汗をかいて、必死に声を荒らげる。それでも一切取り乱す様子のないレナちゃんは、やっぱりあまりに厄介で。

「んー？　なあに？」

「ふ、文也くんに……」

「うん。文也くんに？」

そして菊池さんは、顔を真っ赤にしてレナちゃんを睨みながら。

「文也くんにえっちなこと言うの、やめてください――っ！」

「……はい？」

レナちゃんが首を傾げ、俺とみみの時間が凍るのだった。

＊＊＊

戻ってきた足軽さんが、笑いを堪えている。

「くく……いやあ、すごいねえnanashiくんの彼女。あっちの席まで聞こえてきたよ」

「す、すみません……！」

「配信にはのってないと思うけど……くくく」

珍しく心から可笑しそうにしている足軽さんと、顔を真っ赤にしながらペコペコと謝る菊池さん。そんな二人を俺とみみみは苦笑いしながら眺めるしかない。レナちゃんは菊池さんの一喝を愉快そうに受け流すと、「いい彼女さんだねえ」とか余裕たっぷりに言い、ひらひらとどこかへ去っていってしまった。なにを考えてるのかわからん。

「nanashiくん、今日のエピソードって、配信とかで話しても——」

「絶・対、ダメです！」

俺のリアクションを見てまた足軽さんは大きく笑う。さてはこの人あれだな、人が困ったり恥ずかしいことになってるのがツボなタイプの人だな。

「ごほんごほん！」

と、そこでセリフめいた咳払いで注目を集めたのはみみみだ。

「さて、ここらでそろそろ、お仕事の話をしたいのですが！」

「おお、そうだったね。進路研究会だっけ？」

「はい！　ということでブレーンたのんだ！」

「おい」

詳細の説明という業務を丸投げされた。なんかこれやらされてることブレーンというか雑務みたいになってないですかね？

てなわけで——説明をした。

「……ということで、そこでスピーチをする役目を足軽さんにまかせられたらな、って思ってるんですけど……」

「ふむふむなるほど、まあ、よくある講演の依頼って感じだね」

「あ、やっぱりそういう仕事ってたまにあります？」

「うん。プロゲーマーとしてもあるし、僕はそもそも普通に働いてもいるからね。そこでもたまに講演みたいな仕事はやってるよ」

するとみみみがおおっ！　と声をあげる。

「それじゃあ慣れてるってわけですね！　さすが足軽さん！　ブレーンの信じた男！」

すっかり慣れた様子でみみみが言う。知ってる人がほとんどいないこの場でもいつものみみみを発揮できるのはすごいな。足軽さんはう、うん……と圧(お)されている。

「それで条件面なんですが……いつもはそういうのって、どのくらいの出演料で……」

俺がおずおずと言いにくいことを尋ねると、足軽さんは大人の表情をして、

「うーん、そうだね。まあ実際、大体の相場はあるんだけど……これからプロを目指す後輩からお金を取るっていうのは、仕事だとしても忍びなくてね」

「いえ、でもタダでやってもらうわけにも……」

「と、いうところだからさ、nanashiくん」

足軽さんはにっと、なにか企んだように言う。

「出演料の代わりに、頼みごとをしてもいいかな？」

「た、頼みごと……？」

足軽さんは、静かに頷いた。

「僕はね、アタファミの競技シーンをもっと盛り上げたいと、ずっと思ってるんだよ」

その目には、静かながら熱がこもっている。

「けど、ただ強い人が戦いつづけてるだけだと、どうしても飽きが出てくる。上位層も毎回同じような面々になりがちだし、それをいつまでも楽しみつづけてくれる人もいるけど、ライト層はそうもいかない」

足軽さんは、流暢にプレゼンするように。

「だから、新しい風がほしいんだ」

なにやら、言ってることがわかってきた気がするぞ。

「ということでnanashiくん。──この大会に出てくれないかな?」

「や、やっぱり。……まあ、そのくらいなら」

「おおっ!　ブレーンの戦いが見れるわけですね」

　みみみが目を輝かせていると、足軽さんの視線と声は、思ってもみない方へ向いた。

「それから──みみみさん、だったね」

「え、私?」

　虚を突かれたみみみを、悪巧みをするように見る。この人一体なにを言うつもりなの。この子ただの生徒会長代理なんですけど。

「最初に挨拶を聞いたときから、思ってたんだよ。みみみさんの声って、とっても通るし、配信映えしそうだなーってね」

「……へ?」

「滑舌もいいし、喋りも抑揚があって聞き心地がいい。アタファミって競技シーンに女性の活動者が少なくてね、そこが課題だなーと思ってたんだよ」

「そ、それって……!」

　みみみがおののく。たしかに会場をぐるりと見渡すと、男女比は9:1……どころか、それを上回るレベルで男だらけだ。

「そういうこと。ちょーっとだけ、力を貸してほしくて」

「ま、待ってください、でも私はアタファミやったことないし……！」

「ミリしら、ってわかるかい？」

足軽さんはみみみの言葉を受け流し、ペースを摑むように説明を続ける。大人の会話スキルって感じだ。

「一ミリも知らない人が……って意味のネット用語なんだけど、そのジャンルについて知らない人が、その知らなさを全力で披露して、エンターテイメントにするって文化なんだ」

みみみはきょとんとしている。まあ俺は知ってるけど、昔のネットを知らないとなかなか知らないよな。

「そのなかにね、ミリしら実況ってジャンルがあるんだけど」

そこで俺は、足軽さんの言わんとしていることを完全に把握した。

「まあ簡単に言うと、そのゲームをまったく知らない人がその試合を実況することで、そのチンプンカンプンさを笑う、みたいなコンテンツなんだよ」

そこでみみみも、足軽さんの言いたいことを把握したようだった。

「みみみさん、一試合だけ、気の向くまま思うままに、喋ってもらえないかな？」

足軽さんは、くいっと配信機材がある実況解説のマイクのほうへと顔を向ける。

「僕と一緒に、あの席で」

「…………ええええええええええ!?」

＊＊＊

「では続いての試合は実験企画ということで、アタファミをあまり知らない女子高生に実況してもらったらどうなるのか？　という試みをしてみたいと思います。解説の足軽です」

「ど、どうもよろしくお願いしますっ!?」

みみみが、とんでもない仕事をさせられていた。

「まあ最初はワケわからないと思うけど、ご容赦ください。それじゃ、みみみさん、ご挨拶(あいさつ)」

「ご挨拶!?　え、えーと、今回実況を担当します、みみみです……これであってます!?」

「大丈夫だよ。みみみさんは高校生アタファミプレイヤーで有名なnanashiくんの同級生で、今日は学校の進路研究会だっけ？　の講演を僕に依頼するために、ここに来てくれたんだよね」

「そ、そうですね！　それで、講演を受ける条件がこれって言われました！」

「ははは、裏事情をばらさないでよ。ということでみみみさんは、アタファミ素人(しろうと)です。みんなよろしくね。あ、ちなみに顔出しはなしってことになってるから、そこは申し訳ない」

みみみが日南(ひなみ)の完璧(かんぺき)な生徒会長という物語を引き継ぐため、めちゃくちゃ大変なことになっている。生徒会長代理って大変だなあ。俺はブレーンでよかったぜ。

「いやよろしくじゃないですよ!! 私、本当になにも知らないですよ!?」

「それが面白いんだよ。まあこの一試合だけだから、がんばってもらって」

「は、はい!? けど、なにをがんばれば!?」

「ということで次の試合はBEST8。オフライン大会には初出場となるオンラインの覇者、nanashiくんに対するは、ジェイク使いのKevin選手。みみみさんはどう見ますか?」

「え!? えーと」

みみみは一瞬迷うと、えいや、と開き直ったように。

「nanashi選手にがんばってほしいですね! 友達なので!」

「めちゃくちゃ私情の入った意見をありがとう」

足軽(あしがる)さんの冷静な突っ込みで、場がくすくすと笑う。自由なみみみと冷静な足軽さんというペア、わりと相性がいいのかもしれないぞ。

そして、そう。みみみが実況することになったのはほかでもない、俺の試合なのだ。なんというか、ホーム感あってやりやすいのか気が散ってやりにくいのかわからないな。

そんなことを思いながら、始まった試合。俺はジャックを操作して、相手にダッシュ攻撃をたたき込む。

「わーっ! お腹(なか)にパンチ入った! すっごく痛そう!」

「ダメージが入るだけなんだけど……たしかに痛そうって言われてみたらそうかもね……」

「絶対痛いですよ！　いまめっちゃ体重のってました！」

みみみがめちゃくちゃ素朴な感想を言っていて、またも会場がくすくす笑う。

俺が集中を途切れさせないようにしながら相手を一機撃墜すると、

「さて、まずはnanashiくんが先制だね」

「あのー、足軽さん！　一つ聞きたいんですが！」

「なんだい？」

「この……ジャックとジェイクでしたっけ？」

「うん」

「この二人って、どうして戦ってるんですか？」

「え……それは普通に、大会だから」

足軽さんが困ったように答えると、みみみは違うんです！　と元気よく言った。

「それはnanashi選手とKevin選手が戦ってる理由ですよね!?　このキャラクター二人に因縁とかはないんですか!?」

「それは……ないんじゃないかな……」

「え!?　ないんですか!?　だめですよそんなの！　理由のない戦いは悲しみしか生まないです！」

「うん、まさか大会の一試合から哲学的な話になると思ってなくてびっくりだよ」

またも会場が湧く。ちなみに遠くに配置してあるモニターでちらりと見えるコメント欄も、『草』とか『wwwwww』みたいな感じでどんどん好意的になってきていた。なんだこれは、リアルでのコミュニケーション強者はインターネットでも強いというのか。

やがて、試合は進み――

「おーっとブレーン!! 大丈夫なのか!?」

「……ブレーン？」

「あ、間違えました！」

「ブレーン!! そんなんじゃ風香ちゃんに――――！」

「風香ちゃん？」

「あ……」

ふむ、これは間違いない。俺は試合をしながら、完全に悟っていた。

「ホーム感ではない。完全に……気が散る」

とはいえその試合では相手と実力差がそこそこあったので、危なげなく勝利はできたのでよかった。いや、よかったのか？

＊＊＊

数十分後。

「文也くん、お疲れさまです」

「うん、ありがと」

「そして七海さん……っ、本当に、お疲れさまです……!!」

「ありがと……！」

「俺よりねぎらわれてない？」

試合と実況を終えた俺とみみみを、菊池さんがお出迎えしていた。

「いやあ二人ともお疲れ。ごめんねみみみさん、あのあともしばらく付き合わせちゃって」

「いえ！　なんか、やってたら慣れました！」

「俺は散々被害被ってたけどな？」

まあもともとnanashiのイメージは変わりつつあったから、いいっちゃいいけどな。

ちなみにみみみの実況に関しては会場のウケが上々だっただけではなく、しっかりと生配信でもウケていたようで、みみみが実況席を去るときは悲しみの声すらあがっていたらしい。一体どこで才能を発揮してるんだこの人は。

「いやあ、そこまで大きい規模の大会じゃないはずなんだけど、かなり勢いよくチャンネル登録者数が増えたって運営も喜んでたよ」

「ふっふっふ、私の魅力に世界が気がついてしまったようですねえ」

みみみは仮想のあごひげを撫でながらドヤ顔で言う。でもたしかに足軽さんも言ってたとおり喋りに勢いはあるし声も通るし、本当に生配信が向いてるのかもしれないな。あれ？　もしかしていま俺、配信力という意味ではみみみに負けてる？

「さて。nanashiくんは、どうだった？　初めての大会は」

「それは……」

俺は複雑な心境で、返事をする。

「正直なんかいろいろ、悔いは残りましたね……」

あのレート一位のnanashiがついに初大会デビュー!?　と界隈ではそこそこ話題になった今回の大会。

俺はみみみの実況とともに勝利した次の試合——つまり、BEST4で敗退していた。

小中規模大会ということを考えるともう少し上位に行きたかった部分はある。けれど、初めてのオフの大会で四位というのは、決して悪い数字ではないだろう。

「ほら、僕って本気でプロゲーマーを目指すことにしたわけじゃないですか」

足軽さんは黙って頷く。

「なのに……まあオフに慣れてないとはいえ、対策できてないキャラがいたり、意識が足りてないのかな、って。もう少し良い結果を……優勝、せめて準優勝、とか」

自分でも傲慢だな、と思わないでもないけど、それでもオンラインでは常に一位を維持しつづけているトッププレイヤーなのだ。せめて準優勝とか言いつつも、実際に準優勝になったら優勝じゃなくて悔しいとか言ってそうだ。

「結果、か」

俺の言葉を繰り返しながら、足軽さんは腕を組んでしばらく考える。

「nanashiくんは、ちょっと堅く考えすぎてるかもしれないね」

言うと、足軽さんはそうだ、となにか思いついたようにすると、

「ちょっと待っててもらえる?」

そのまま少し離れたところで俺たちの様子をちらちらと見ていた出場者の一人のほうへ、歩み寄っていった。

「シマアジくん、ほら、いまなら話せるよ」

「あ、は、はい！　いいんですか!?」

中学生くらいだろうか、俺よりも数個下くらいの年齢の男の子を連れてきた。その子は緊張したような様子で俺たちの前に立っていて、こちらを——ていうか気のせいじゃなければ俺を

主に、ちらちらと見ている。

「えーと……この子は？」

俺が尋ねると、シマアジくんと呼ばれた少年は、おずおずと声を出した。

「あの……nanashiさん、ですよね……？」

「は、はい！　えっと……？」

俺が事情を探るように足軽さんを見ると、

「彼はね。よく大会に来て僕に声をかけてくれる子なんだけど、nanashiくんのことを、ずっとオンラインで見てたらしくて」

「え……」

「そ、その！　僕、nanashiさんのプレイを見て、最初はオンでやってるだけだったんですけど……最近、大会とかも出はじめて……」

「そ、そうなんだ……」

俺はこういう場合どのくらいの距離感で接するべきかわからず、ただ曖昧に相槌を打った。

つまりは俺の……ファン、ってことになるのだろうか？

「まだ全然、小さい大会とかでも一回戦とか二回戦ですぐ負けちゃうレベルなんですけど……！　いつかnanashiさんとも大会で戦いたくて……！」

「あ、ありがとうございます」

「その……nanashiさんのファウンドとジャックの動き、とっても好きで……えと」

しどろもどろで、だからこそ嘘がないことがわかる言葉がふわふわと、頭にこだまする。

実感がないというか、現実味がなかった。

「だから今日、僕が呼んでみたんだよ。nanashiくんが来るよって」

足軽さんが言うと、シマアジくんは頷く。

「足軽さんから、出場者には載ってないけど、たぶん出ることになるよ……って言われて」

「え？」

ぎょっとして、足軽さんを見る。

「バレちゃった。ま、どうせなら戦ってるところを見せてやりたいだろう？」

「初めからそのつもりだったんですね!?」

なんて策士なんだ。足軽さんはふっ、と捻くれた笑いを浮かべる。

「けど……ごめんなさい、俺、BEST4で終わっちゃって」

「ぜんぜん謝ることないです！　ていうか、謝らないでください！」

「え」

俺が驚くと、シマアジくんは俺を心から信じたような真っ直ぐな声で。

「だって、入れ込みをしないでギリギリまで見て読みあって。nanashiさんのプレイは、やっぱりnanashiさんって感じでした！」

キラキラと、目を輝かせて。まるで俺を、ヒーローかなにかのように見つめるその瞳。

こんなのは、初めての経験で。

ぶわっと、心に風が入ってくるような感覚がした。

けれど、自分のなかの捻くれた根性がそうさせるのだろうか。それとも負けず嫌いな部分だろうか。まだ、自分を肯定しきれない自分が顔を出してしまう。

「ほ、ほんとに……？　けどほら……アタファミ界隈ってちょっと厳しいとこあるから……オフだと通用しなかったか、みたいに言われてると思います……」

こんなことを言いたいわけじゃないのに、つい出てくる後ろ向きな言葉。

それは照れなのか謙遜なのか、それとも卑屈なのか。

けれどシマアジくんは、そんな俺の影のことなんて、気にしていない様子だった。

「そんなことないですよ！　ほら！」

シマアジくんはスマホを少し操作すると、俺にその画面を向けた。

そこには、俺のプレイに対するコメントが並んでいた。


『立ち回りが綺麗すぎる。俺たちの憧れてたアタファミじゃん』

『初大会でこれって、今後オフに慣れていったらどうなるんだ？』

『イケメンでアタファミも強いとか、俺可哀想すぎて草』

『やっぱnanashiのプレイって、華があるわ。俺もファウンド使ってみようかな』

並ぶ言葉たちが、俺を肯定していた。なんかやっぱり顔のこと言われてる呟きもあるけど、それはそれで可笑しかった。

「……これ」

「だから僕、次の大会も期待してます！　nanashiさんならすぐオフにも対応できますよ！」

「……うん、ありがとうございます」

なんだこれ。ファンだと言って話しかけてくれたのに、なぜかこっちが励まされてるぞ。

「それじゃあ、これからも応援してます！」

そうして俺と話せたことが嬉しかったかのようなほくほく顔で、シマアジくんは去っていった。俺はあまりの出来事に呆然としてしまう。

「これで、わかったんじゃないかな？」

「……わかったって？」

やがて、足軽さんは諭すように。

「——人を惹きつけるのは、強さだけじゃないんだよ」

菊池さんもみみみも、目を丸くしてそれを聞いている。

「プロゲーマーっていうと、強さや結果だけを追い求めないといけない、じゃないとカリスマになれないって思われてるかもしれない。もちろん強いことは正義だし、そうじゃないと説得力もないから必須条件と言っていい。――けど、それだけじゃないんだ」

たしかに俺は今日だけでも、いくつも見た。

シードが高く、実力もあったはずなのに一回戦で負けてしまう人だとか。

初戦で敗者側トーナメントに落ちたけど、そこから六連勝して勝ち上がった人だとか。

それだけ悔しい内容だったのか、準決勝の舞台で負けて、コントローラーを思わず机に叩きつけそうになってしまい、反省している人だとか。

強い弱いだけではなく、各々にドラマがあって。

「人を惹きつけるのに必要なのは、強さよりも、その人が持ってるストーリーなんだ」

自信を感じる口調はきっと、実感が伴っているからだと思った。

「こんなことを考えて、こんな努力を経て、こんな結果が出た。その一連の物語――つまり、その人が持つストーリーに、観客は熱狂する、敬意を払う、信仰を捧げる。もちろんプロならば、強いことが大前提だ。けどね」

足軽さんは、俺からその強い視線を外さない。

「人は『ただ強いだけのもの』には、心を預けられないんだ」

やがて足軽さんは、ぐるりと会場を見渡して。

「プロゲーマーっていうのはね。

——自分そのものが、誰かを惹きつける物語になること。それが仕事なんだよ」

言葉が、自分の芯に届いた気がした。

「——あの！」

そこで言葉を挟んだのは、菊池さんだった。

「足軽さんが……プロゲーマーになろうと思った理由ってなんなんですか？」

なにか得るものがあると直感したのだろうか。真剣な目で問う。

「……理由？」

「はい……！　その、私いま、進路に迷っていて……いまの言葉を聞いて、もっと、聞きたくなって」

「ああ、なるほど」

足軽さんはいままで口数の少なかった菊池さんが前のめりに聞いてきたことに少し驚いていたみたいだったけど、やがて大人っぽく微笑む。

「進路研究会の、ゼロ次会ってところかな？」

「あはは、たしかに」

思わず笑った俺を見て得意気に片眉をあげると、足軽さんはゆっくり語りはじめた。

「僕はね、理由っていうのはね。変わっていくものだと思ってて」

「変わっていく……？」

興味深そうに相槌を打つ菊池さんに、足軽さんは頷く。

「僕はもともと、自分のことを、自己中心的な人間だと思ってたんだ。自分が勝てればいいし、負けた人のことなんて考えない。まあ、勝負の世界で生きる人っていうのは、少なからずそういうところがあると思うんだけどね」

「あはは。俺もそうです」

横から俺は同意した。

「でもあるとき、気付くんだ。少しずつ知名度が増していって、段々と、ファンって呼べるような人も増えてきて。最初はこんなの、自分っぽくないなとか、人ごとに思ってたんだけど」

その言葉に、徐々に俺は吸い込まれていった。

だってそれは今さっき、俺が経験したことでもあったから。

「足軽さんに憧れてアタファミを始めましたとか、足軽さんのプレイを見て、リザードでプロを目指しはじめましたとか言われるとね。……なんだかガラにもなく、嬉しくなっちゃってる自分がいて。尖(とが)ってたくせにこんなのに感動して、ダサいよなあとか、思ったりするんだよ」

「そんなこと……ないです」

菊池さんが遠慮気味に言うけれど、足軽さんは軽くふっと笑い、言葉を続けた。

「でもね、たとえば次の大会で苦しい状況になって、これは負けるなあ、ここから巻き返すことが無理なパターンだな、って思ったとき。そういうのは段々経験でわかってくるから、もうこれ以上がんばっても無駄だろうな、って心が折れそうになったりするんだけど――」

足軽さんは、照れくさそうに、言った。


「頭に、よぎるんだ」


それはきっと、冷めた自分のなかに芽生(めば)えた、予想外の炎だったのだろう。

「ファンの顔が、言葉が。――信じてくれた気持ちが、ね」

誰(だれ)かの前に立ちつづけて、誰かに夢を与えつづけた人じゃないと、出ない言葉だと思った。

俺もきっといま、その気持ちが少しだけ――萌芽(ほうが)しかけている。

「たしかに人は、誰かに憧れて、それを目指すことでも強くなれる。だけど――」

足軽さんは自分の手のひらを見つめて、つぶやく。

「誰かに憧れられて、その思いを背負おうとすること。それでも強くなれるんだ」

「思いを、背負う……」

俺はその言葉を、重々しく繰り返した。

「だからもし……進む理由に迷ってるなら。

進んだ先で答えを見つける。そういうのもありだと、僕は思うよ」

＊＊＊

「それじゃあ、今日はありがとう。進路研究会でもよろしくね」

「はい！　ありがとうございました！」

「私もアタファミやってみます〜！」

「お疲れさまでした……！」

俺とみみみと菊池さんは足軽さんに別れを告げると、埼京線に乗り込む。俺はまず遥ちゃんに、進路研究会のゲストが無事に決まりそうだという旨の連絡を入れると、すいている電車の席に座った。これで少しは、安心してくれるだろうか。

「いやあ、今日は実りある日でしたねえ」

「……だな」

俺が言葉の余韻でぼんやりしながら言うと、みみみはふむ、と考えるように唇を前に突き出す。

「なんかさ、足軽さんが話してたこと、ちょっと葵の話に似てたね」

「……そうだな」

俺が実感とともに頷くと、話を聞いていた菊池さんが、補足するように言葉を挟んだ。

「人は……誰かの憧れの存在になる、ってことですよね」

「そう！」とみみみが菊池さんを指差す。

思い出すのは、足軽さんの言葉と——そして、声をかけてくれたファンの声だ。

輝きが誰かを惹きつけ、目印となり、灯台のように人を導く。

「足軽さんの言葉で言うならさ。葵はもう、ずーっと前から、プ、ロ、ゲ、ー、マ、ー、だったんだよね」

みみみの言葉に、思わずはっとする。

自分そのものが、誰かを惹きつける物語になること。それがプロゲーマーであるならば。

日南葵という存在は、遥ちゃんにとって。もしくはみみみのように、その輝きに憧れる人にとって特別な存在で。つまりそれはある意味——二人は日南のファン、と言うこともできるのだろう。

日南はもうずっと前から、俺が目指している場所にいたのだ。

「たしかにあいつは……プロゲーマー、だよな」

なんのゲームのプロなのか。そんなもの、決まっていた。

人生というゲームの、だ。

「……日南は。失う前はなにを目印にして、進んできたんだろう」

俺は空っぽを埋めるなにかのことを、想像しながら言う。

「あいつがお手本にしてたもの……日南葵にとっての、太陽」

BEST4という結果に終わった大会。俺はそれに満足していなかったけれど、ファンだと言ってくれた男の子の言葉、そしてインターネットの肯定的な書き込みによって、不満に思っていた結果に、新しい意味が与えられた。結果が、あと付けの意味で肯定されたのだ。

達成できなかった結果が、あとから与えられた言葉によって肯定される。

それは優しくて、居心地がよくて。もしかすると、『勝ち』を遠ざけることもあるかもしれない。

そこに、日南の失ったなにかを突き止めるための、ヒントがある気がした。

だってそれは——原因を積み重ねて結果を生み出す日南のやり方とは、真逆だ。

『——神様を失ってしまった女の子、だと思います』

菊池さんの言葉が、頭に蘇る。

「日南の結果に意味を与えてきた言葉が……日南にとっての太陽で、神様なんだとしたら……」

それはきっと、遥ちゃんの言う『ちょっと変な家』から与えられていたもので。それが太陽で、神様で、理由で。

いつか――ばらばらになって壊れてしまったのだとしたら。

おぼろげながら摑めてきた輪郭には、まだもう少し、確信的ななにかが足りない気がした。

――そのとき。

俺のスマートフォンが、通知で震えた。

「っ！」

「……文也くん？」

様子に気付いた菊池さんが、俺に声をかける。けれど俺は、じっとその文章を見つめていた。

そこに届いていたのは、遥ちゃんからのＤＭだ。

「ごめん、二人とも」

届いたメッセージはきっと、俺たちが続きを紡いだ、壊れかけたパーフェクトヒロインの物語が手繰りよせてくれたもので――

『生徒会の件、本当にありがとうございます』

『私、友崎さんに話したいことがあるんです』

「俺、行かないといけないところができた」

――同時に、完璧になる前の過去へと、つながっている気がした。

＊＊＊

数十分後。

「お待たせ」

俺は日南の家の近くの公園にいた。

ベンチに座って待っていた遥ちゃんの表情は少しだけ虚ろで、けれどどこか、覚悟が決まっているような雰囲気で。

「友崎さん。ごめんなさい、ずっと、返信できなくて」

「ううん。大丈夫」

俺はなるべく柔らかいトーンで言うと、微笑む。

「話したいことって？」

すると遥ちゃんは、息を吸って少しだけ溜めると、

「風香お姉ちゃんが、言ってたこと……」

「……うん」

「その……ばらばらに、って」

ばらばらになって壊れた。菊池さんが言った言葉のすべてを繰り返さないのは、それを口に出すことが、なにかを抉ってしまうからだと思った。

「その……意味って」

俺が言葉を返すと、遥ちゃんはその続きを話しはじめる。

「私、最初は……とある人のことなのかな、って思ってたんです」

「とある人……」

きっとそれは、俺も知ってることだ。

遥ちゃんは、ゆっくりとベンチから立ち上がった。

「あの……来てくれますか？」

「来るって？」

遥ちゃんは狭い歩幅で、歩きはじめる。

「すぐ……近くなんです」

＊＊＊

やってきたのは、公園からほど近い、なんでもない道路の一角。

けれどそこに一つだけ、目を引くものがあった。

一つの電柱の近くに、立派な赤と白と紫色の花が、添えられている。

「……ここって、さ」

遥ちゃんの様子と、俺の知っている過去と、目の前の景色。

俺のなかではもうほとんど、確信に近いレベルでそれらがつながっていた。

「……もう一人のお姉ちゃんの……事故があった、現場……ってこと？」

遥ちゃんは少し間をあけて、丸い目で俺をじっと見た。

「そのことも、知ってるんですね。……葵お姉ちゃんから？」

「……うん」

正直に頷く。

「……そっか」

どうしてだろうか。遥ちゃんは涙を浮かべながらも――安心するように、笑った。

「……よかった」

それは小さな存在を慈しむような表情で。

「よかった、って……？」

不思議な違和感に呑まれながら尋ねると、遥ちゃんは弱々しく笑い、答えた。

「私……葵お姉ちゃんとその話、一回もできたことなかったから……」

言いながら、目の下の筋肉が、痙攣するようにぴくりと震えた。

「私から話そうとしても、つらい顔して、ぜんぜんお話できなかったから……」

ぽろりと涙を流しながら、くしゃりと笑う。

「渚お姉ちゃんの話をできるような人が……いまは、そばにいてくれてるんだ、って！」

「っ！」

言葉をかけることができなかった。きっと遥ちゃんは日南に憧れながらも、俺が想像もしていない孤独を抱えてきたのだろう。

「私ね。風香お姉ちゃんからあの言葉を言われたとき、事故のことなのかな、って思って。だから思い出して、つらくて悲しくて、あんな姿を見せちゃって」

遥ちゃんは、淋しく置かれた三色の花に、そっと視線を寄せた。

「けど、……違うような気がしたんです」

「それって……」

妹を失った事故、ばらばらという言葉、日南葵の急変。

それらはあまりにもシンプルに、一つの線でつながっているように見えて。

けど、たしかに少しだけ、違和感はあったのだ。

「壊れたのはたぶん……誰かとか、そういうことじゃなくて」

ぶわりと、風が吹く。

花のなかでも一際目立つ、紫色の花びらが、空に盗まれていった。


「壊れたのは――ぜんぶ、だったんです」


過去を振り返るような、暗い眼差しで言う。

これまで遥ちゃんの面影に日南のそれを見たことは何度もあったけれど。

いまの遥ちゃんの瞳は、すべてをあきらめて、黒に染まったあいつに似ていた。

「ぜんぶ、って、もしかしたらさ……」

遥ちゃんの言う壊れたものの正体が、具体的になんなのかまではわからない。

けれど――おそらく俺は、その本質の構造だけは理解できているような気がした。

「遥ちゃんの家で信じてた物語、……ってこと？」


遥ちゃんはしばらくそれを咀嚼するような間を置いたあと、

「……どこまで、知ってるんですか？」

「ううん、いま話したこと以外は、なにも知らないよ。その物語っていうのがなんなのか、どうしてそれを日南が信じたのか。そういうことは全部、わからない」

本当に、なにも知らなかった。だからここまでが、俺の限界だった。

「だけど……わかる気がするんだ」

「どうして……」

それはたぶん、俺がこの数週間のあいだ、日南について考えつづけてきたから。

たくさんの『信じる理由』の物語を、この目で見てきたから。

自分自身が信じる理由になる責任も、少しは知ることができたから。

──そして、もう一つ、大事なこと。

「……それはね」

思えば俺はずっと、そこから目を逸(そ)らしていた。

いや、理解はしていたかもしれない。けれどほんとうの意味ではそうではないと、思い込もうとしていた。

「お姉ちゃんが……」

口が重い。

「日南、葵(あおい)が──」

俺はきっと、それを本当は、言葉にしたくないのだ。

「日南葵が、弱キャラだからだよ」

俺の口からは、初めて口にした。

心を穿ってしまうような言葉だったから、俺はなるべく優しく笑んだ。

俺の世界に色をつけてくれた魔法使いが、弱キャラだなんて、信じたくなかった。

レベル1だったこんな俺を、友達ができて、彼女ができて、人と本気で向き合えるようなレベルまで育て上げてくれたあいつを、尊敬したかった。

だから俺が、本当の意味であいつの弱さと向き合えたのは、いまが初めてだった。

「だからたぶん、与えてもらってたんだよね」

俺がまさに体験してきたから、それを言葉にできた。

間違っていると思っていた人生を、アタファミが日本一という結果で意味づけてくれた。

不満足だと感じていた結果を、応援してくれる人の声が色づけてくれた。

俺がクソゲーだと思っていたゲームを――魔法使いが神ゲーに変えてくれた。

俺は何度も、その魔法に理由をもらってきたのだ。

「――大切な人から、自分を信じられる理由を」

息を呑む音が、はっきりと聞こえる。

流れる沈黙はきっと、俺の推測を肯定していた。

やがて遥ちゃんは表面張力で支えきれないなにかが、溢れてしまったかのように。

「……うちって、そういうお家で」

ゆっくりと言葉を、零しはじめた。

「……どんなことが起きても、大丈夫だよって教えられてて。いいことも悪いことも、全部を肯定してくれるんです」

遥ちゃんの目にはまた少しずつ、涙が浮かんでいる。

「そんな、キラキラしたお家だったんです。だから、なにがあっても前向きでいられて……なにがあっても自分を変える必要なんて、なかったんです」

それは一聴するとなんでもない、前向きな親のエピソードかもしれない。

だけど。

「──そっか」

腑に落ちた。

だってそこに、俺が知る日南葵の本質の一つが当てはまるような気がしたから。

「──真逆、ってことなのかな、きっと」

すべての行動に、理由を必要とする。

それが日南葵（ひなみあおい）の本質であるなら。

「俺の知ってるお姉ちゃんはさ。自分で理由を積み重ねて、結果を生み出してきたんだよ」

単純明快な構造が一つだけ浮かび上がることに、俺は気がついていた。

「事前に積み重ねた、自分の努力だけを——信じてるはずなんだ」

俺は思おうとしていた。

日南葵という自助努力の化物の裏には、果てのない闇（やみ）があるのだと。

俺は思いたかった。

それを解決できるのは、対等にわかり合える、最強のゲーマーnanashiだけなのだと。

俺は、信じたかった。

日南葵は誰（だれ）よりも特別で、強くて——輝いた存在なのだと。

「けど、最初は違ったんだね」

だから俺は、あいつの最初の動機がちっぽけで、子供っぽくて——

——信じられないくらい他責で弱いものだったことに、いままで気がつけなかったのだ。

「後から肯定してくれる、他人の言葉だけを——信じてたんだ」

言いながらも、その言葉が指すあまりにも弱い姿に衝撃を受ける。

その魔法はきっと、暖かくて、優しくて、居心地(いごこち)がよくて。

なによりも強く、信じる理由になりえた。

だけどそれは同時に、まるで胎内のように生ぬるくて。

それだけに縋(すが)るようになってしまえばきっと——

現実のスピードが、言葉を置き去りにしてしまう瞬間が、いつかやってくる。

「うん。……だから、ぜんぶがなくなった反動で——」

遥(はるか)ちゃんが言いかけた、そのとき。

「ちょっと、あなた——！」

あまりにも聞き慣れた声が、そして、俺がずっと聞きたかった声が、俺の耳に届く。

ハキハキとしていて、自信に満ちあふれていて。

けどいまは、疲れている、そんな声。

「遥になんの用——……って」

声に振り向くと、そこには。

「……日南」

久しぶりに見る、日南葵の姿があった。

「……お姉、ちゃん」

遥ちゃんは、日南を呆然と見つめる。

「遥……」

艶の鈍い髪の毛、くたびれた衣服。だらしなく口角の下がった口元は、パーフェクトヒロインのそれとはほど遠くて。どこかで見たことあると思ったその雰囲気は——思えば俺が夏休み、日南と決別したあと。鏡のなかにいた男によく似ていた。

日南は、弱々しく視線を落とすと、唇を噛む。

「……ごめんね」

罪悪感に押しつぶされてしまったような表情と声色。

「かっこ悪いところ見せちゃって……ごめんね」

自分に憧れてくれていた遥ちゃん。お姉ちゃんみたいになりたいとまで言っていた遥ちゃん。それを本人に伝えているのかまではわからないけれど、日南がその思いに気がついていないはずがない。みっともなくて、情けなくて。今すぐに、逃げ出したいだろう。

だけど——遥ちゃんだけはいま、違うところを見ていた。

「お姉ちゃん、あのね！」

必死に、絶対に思いを伝えてやる。そんな懸命な瞳で。

「私、私ね。お姉ちゃんに憧れて、お姉ちゃんみたいになりたくて……！」

紡がれる言葉には、本物の熱があった。

「このあいだ、私もね？　生徒会長に、なれたんだよ……⁉」

「っ！」

甘えるように、一番褒めてほしい人に、一番がんばったことを報告するように。

「私って、お姉ちゃんみたいに器用じゃないから、いっぱいいっぱい、選挙活動して、いろんな人にお願いして。それでやっと、なれたんだ。お姉ちゃんみたいにならないと、お姉ちゃんみたいになりたいって、それだけでがんばったんだ」

声を不安定に揺らして、ふらふらと日南に歩み寄りながら、必死に言葉を伝える。

「それに、それにね？　お姉ちゃんがいま偶然ね、たまたま体調が悪くて、できなくなってた会長の仕事もね、友崎さんたちが、ぜんぶ、やってくれてるんだよ……？」

「え……」

困惑するように俺へ向けられた瞳には、驚きが浮かんでいて。

「だからね、大丈夫なんだよ……？」

再び遥ちゃんが反した言葉は、日南の表情を、少しずつ崩していく。

「お姉ちゃんはもう一回、お姉ちゃんに戻って、大丈夫なの……！」

一歩、また一歩。不安定な歩幅が、日南に近づいていく。

「だから、お姉ちゃん……」

その指の先が、仮面の取れた日南の頬に触れた。

「もう一回……っ。私とたくさん、お話ししよ……？　お姉ちゃんのかっこいいお話、私、たくさん聞きたい……っ！」

言葉の持つ熱量と重みで、俺はそれを理解していた。

「じゃないと私……どうしたらいいか、わかんないよ……っ」

遥ちゃんにとっての日南葵は、偽物の輝きなんかじゃない。替えがきかないほどに輝かしい——本物の太陽なのだ。

「遥ちゃん」

「友崎……さん」

俺の声に、遥ちゃんは胸に埋めた顔を上げた。

「ここからは、俺にまかせてくれないかな？」

「でも……」

不安そうに俺を見上げる遥ちゃんに、笑いかける。

「大丈夫」

人生は難しいし、『絶対』と言いきれるものなんてないと、俺は知っている。

だけど。

「——絶対に、大丈夫」

俺はアタファミと同じくらい、そこにだけは——自信があるのだ。

「俺も遥ちゃんと同じくらい、お姉ちゃんのこと、大好きだからさ」

＊＊＊

「……あなた、だったのね」

呆（あき）れたように、日南は言う。

「最近、やたら出かけることが増えたと思ったら……はあ」

曰く——最近、遥ちゃんが家の人になにも言わずに家からいなくなることが増え、なにか事件に巻き込まれていないか、心配していたとのことだ。まあSNSとかで大人と簡単につながれるようになってしまったこのご時世、無断外出は気になるよな。

「近所でも噂になってたのよ。……うちの前で不審な男が、一時間以上待ち伏せしてたって」

「誠にご迷惑をおかけしました」

ここ数か月、俺あまりにも不審者になってませんか？　全部捕まってたら執行猶予なくなりそうなんですけど。日南はため息をついていて、けれど俺はそんなため息すらも、嬉しかった。

「……どうして、こんなことしてるの」

日南もその答えはわかっているだろう、質問する口調はどこか自信なさげで。

なにしろ最初におかしなことをしたのは、こいつのほうなんだから。

「だってそれは、お前と連絡が取れないから」

「だからって……勝手に家族に接触するのは、ルール違反じゃない？」

ふっと逸らされた視線はきっと、罪悪感の表れで。

「そうだな。けどさ……知ってるだろ？」

俺は、弱々しい日南の顔を見ながらも、にっと笑ってやる。

やっぱり俺はこいつを前にすると、いくらでも余計な一言が浮かんでくるんだよな。

「nanashiは、ルールをねじ曲げる男だからな」

いま俺は間違いなく、いくつもルール違反をしている。


相手が求めていないなら、責任のとれない範囲にまで踏み込んではいけない。

自分の勝手な願望やエゴだけで、他者の在り方を強制してはいけない。


――大切な人を、傷つけてはいけない。


そんな人生において当たり前のルールをねじ曲げて、俺は言葉をぶつけている。

「……そうね」

細められた目は薄弱として、色のない景色を見ているようだった。

「私とは、真逆」

明確に線を引く日南の表情は、孤独めいた色に染まっている。

「私は、ルールがないと、息ができない生き物だから」

むき出しになった言葉には、強さを繕うような温度はなくて。

俺はそのことが寂しいと同時に、無性に嬉しかった。

「……そうだな」

俺は、それを肯定した。

「お前はいつだって……ルールに依存してたもんな」

──日南葵を傷つける。

そのつもりで俺は、ここに踏み込んだのだから。

「あなたになにが──」

「わかるよ」

言葉を遮る。

「だって、俺はこの一か月、お前のことばっかり考えてきた。遥ちゃんから話も聞いて、何度も何度も考えて、考え直して、ここまで辿り着いた」

『──どこかで、それがぜんぶ』

『ばらばらになって、こわれた』

きっと、俺が取材というかたちで妹のことを知ってしまっていたから、日南から直接、その話を聞いてしまっていたから、固定観念にとらわれて、そこに辿り着かなかった。

「壊れたって言葉は、妹のことじゃなくて──」

壊れたというのは、もう一人の妹の死を表しているものだと、思い込んでしまっていた。

けど、みんなの信じる理由の話を聞いて。

いま、遥ちゃんの話を聞いて、やっとつながった。

「――お前の、太陽のことだったんだな」

日南が小さく唇を噛んだのが見えた。

壊れてしまったのは、誰か、ではなく。

――理由、だったのだ。

「お前はずっと、一つのことだけを信じてきたんだよな」

それはきっと、歯車を不可逆に壊されてしまったのと、同じことだ。

「結果にすべてあとから意味をつけて、世界を輝かせてくれる、前向きな言葉を」

触れられたくないところの、さらにその奥まで腕を突っ込んで。

喉(のど)から無理やり内臓を引っ張りあげるように、俺は全部を言葉に変える。

「けどそれが壊れたら、もう自分では、毎日に意味をつけることができなくなって。なにをしても、なにが起きても、空っぽな結果だけがそこに残った」

原因と結果。結果と意味。

それは似ているようで、順番も、それが生み出すものも。すべてが違っていた。

「だからなんだな。……お前が、全部を自分の責任で解決しようとしたのって」

日南葵(ひなみあおい)の、過剰なまでの自己責任論。

最初に俺に負け犬の遠吠(ぼ)え、とまで吐き捨てたあの態度は、聞くあらゆる人を傷つけるほどの棘(とげ)に満ちていた。陰キャなのは自己責任、負け犬、努力不足。明らかに極端で、初めはただ、日南が自助努力で成功できたから、その成功体験を他者にも押しつけている、そんな自己啓発的な感性なのかと思っていた。

けれど、違う。

日南葵の、ほんとうのところは——

「結果に自分ですべての責任を取るなら。

手に入れた結果をすべて、自分の力で手に入れた、価値だと思うことができる」

「っ！」

積み重なった空っぽ。

後付けされた意味の空虚さ。

すべてが壊れたとき――藁(わら)にすがるように辿(たど)り着くのはきっと、そこしかない。

「お前はリア充になれるかどうかも、ゲームで勝ったことも負けたことも、勉強やスポーツができることもできないことも。運が良いか悪いかなんて先天的に思えるような部分すらも全部、自分に原因があると考えた――」

これがきっと、日南の個人主義の向かっているベクトル。

過剰なまでの自己責任論の、本質だ。

「――だから、手に入れたものをすべて、自分の力で手に入れたものだと思えたんだ」

言いながら、推測が確信に変わっていく。

つまり——目標に忠実な、ゲーマーであること。

日南(ひなみ)はそれを狂気じみているほどに、徹底していた。だから日南は、あそこまで異常な成長を得たのだろう。そこにはきっと、『空っぽ』という、多大な犠牲を伴って。

「そうすれば、陸上でも模試でも人間関係でも、うまくいけばその結果がすべて『自分の価値』になる。乱数とか環境みたいな外的要因じゃなく、それが自己責任だと思えば思うほど、自分の努力にレバレッジをかけて、生んだ結果を自分の自信につなげることができる」

まるで、結果に救いを求めるように。

「そうでもしないとお前は——日南葵(あおい)は満たされなかったから」

黙って聞いていた日南が、敵意のこもった、けれどどこか焦(あせ)ったような視線を俺に向けた。

「それの、なにが悪いの……!?　自分が自分の責任を取る。それはあなただって同じだし、私だって同じ。誰(だれ)かに助けを求めたりしないいし、誰かに迷惑だってかけない。私の、私だけの人生にはなにも、文句を言われる筋合いなんて——」

「あるよ」

はっきりと、言い切った。

思い出していたのは、愛すべきキャラクターに囲まれた夕暮れに話したことだ。

「お前は、言ってたよな。妹が死んだ理由がわからない。結果があるのに、原因も理由もわからないままだって」

「……それが、なに」

「本人に聞くこともできなくて、だからもう、一生知ることができない。だから、どう後悔すればいいのかわからない、って」

俺は、気がついていた。

そこにきっと、日南葵の『嘘』があると。

「――本当は、違うんだろ？」

「っ！」

動揺し、左右非対称に歪んだ表情。続かない言葉と反論。

これから話すことはおそらく、間違っていないのだろう。

「本当はお前のなかで、答えは出てるんだ」

そう。それは単純な話。

「手に入れたものをすべて、自分の力で手に入れたものだと考えてるってことはさ――」


責任を取れば、自分が得たものはすべて、自分のおかげだと考えることができる。

そうすれば空っぽの自分にすら、とてつもない勢いで、価値を流し入れることができる。

けどその刃は、逆に薙(な)いでしまえば――


心のすべてを一太刀で壊せてしまうほどに、諸刃(もろは)の剣なのだ。

「――失ってしまったものも全部、自分のせいだと考えてるってことだろ」


それは償いなのか。

逆に言えば、後悔できるという救いなのか。

それとも、なにもないよりはマシだったのか。わからない。

けど。

「だからお前は。個人競技のゲーマーとして――」

おそらくは、これこそが本当の——

——日南葵にとっての業なのだ。

「妹のことも、ぜんぶが自分の責任だって思おうとしてるんだ」

日南はただ、黙って俺を見ている。

「けどさ、日南。聞いてくれ」

俺は、自分の気持ちを伝える。

「お前が失ったものは決して、お前のせいじゃない。お前が手に入れたものも、それがお前の手柄とは限らない。運も、偶然もある。自分だけじゃどうしようもないことが、この世界にはたくさんあるんだ」

端的に、事実だと思った。

「この世界がゲームなら、乱数だってある。もし神ゲーだとしても、奇跡的に悪い乱数だけを引きつづければ、努力が実らないこともあるんだ。そうやって、背負ってるものを少しずつ下ろしてみないか？」

たしかに日南が言うように、この世界はゲームなのかもしれない。

けど、ゲームだからこそ——運の要素からは逃れられないはずなのだ。

「お前は空っぽなんかじゃないし、満たされる必要だってない。日南が日南であれば、それでいいんだ」

俺はあのとき踏み出せなかった足を一歩、日南のほうへ踏み出す。

「だから、成功も失敗もぜんぶ、責任を少しずつ誰かに預けて……もう少しだけ楽に、歩いてみないか？」

その誰かというのは——言うまでもなく。


「聞かせてほしいんだ。お前が一人で、背負ってるものを」


俺は日南に、共に戦うための拳ではなく。

握り、同じ場所を歩いていくための手を、まっすぐ差し出した。


「俺は——お前に、踏み込みたいんだ」

しばらくの静寂。

恩人だということ以外に、どうしてここまでこいつのことを考えて、そして関わろうとしているのかは結局、わかっていない。

ただ一つわかっていることは。

こいつは俺にとって――ほんとうの意味で、特別なのだ。

数十秒は経ったただろうか。やがて日南が諦めたように息を吐くと、小さく口を開いた。

「……私は。ね」

「え。聞かせてくれるのか？」

拍子抜けしたように言ってしまう。

日南はむっとして、吐き捨てるように視線を俺にぶつけた。

「そういうこと言うなら、やめるけど」

「いや、ごめん、すまん！　いまのなし、聞かせてくれ！」

日南は、はあとため息をつき、再び言葉を紡ぎはじめた。

❀❀❀

小学校五年生の冬。

日南葵は、世界のぜんぶが、大好きだった。

生まれてきてから今この瞬間に至るまで、幸せじゃなかった時間を思い出すほうが難しいくらい、葵の毎日は輝きに満ちていた。

大好きなお母さんと、かわいい二人の妹に囲まれて、毎日手作りの美味しいご飯を食べて。駅からは少し歩くけれど広くて綺麗な家に住んで、たくさんの愛情を注がれて。

大好き、愛してる、あなたはそれでいいの。

生まれてきてくれてありがとう。

口癖のように母・陽子から投げかけられる言葉は、飼っていたインコがそれを覚えてしまうくらいに何度も繰り返されていたけれど、葵は何度言われても、ぴーっと頭が沸騰してしまうくらいに、心が高揚した。

無理やり嫌な記憶を掘り起こそうと思ったら、あるとき学校の友達と喧嘩してしまったときのことは思い出せたけれど、それと一緒になって幸せな記憶がつながっていたから、やっぱりそれは、悲しくないのと同じことだった。

冬のリビング。

喉のことを思いやって三つも加湿器が置かれたその部屋で、陽子が葵の頭を撫でている。

「大丈夫よ。葵は、なにも間違ってないもの」

「どうして……？　だって、私、酷いこと言っちゃった……」

ダイニングテーブルで向かい合った葵を見ながら、陽子は優しく微笑む。

「うんうん。葵は優しいのね」

いつもそうしているように頭を撫でながら、陽子はゆっくりと語り聞かせるように、

「きっと美代子ちゃんと喧嘩しちゃったのも、これから同じような喧嘩をしたときのために、早めに練習させてもらえたってだけなの」

「っ！」

「だから、大丈夫」

泣きべそをかいていた葵は、はっとして顔を上げていた。

「あっ、そうだ！」

思い出したように勢いよく椅子から立ち上がった陽子は、その右の太ももを、テーブルにぶつけてしまう。

「……いたっ！」

「だ、大丈夫⁉」

「うん、平気平気！　ほっ」

言いながら陽子はルームシューズを履いて、ぶつけた足をかばうように片足立ちで、ぴょん

ぴょんと台所へ向かっていく。その様子はまるで葵と同じくらいの年齢の、少女のようで。

「これね、佐野さんからもらったの」

ばたばたとした足取りで冷蔵庫の前に辿り着くと、陽子は扉を開けて、箔押しされた長方形の白い紙箱を取り出した。

「いっ、つっつー」

跳ねるのに合わせて、リズミカルな声を出して。あくまで明るく、世界を楽しむように。

そんなに痛いなら、痛みが引いてから取ってくれればいいのに。葵は相変わらず自分なんかよりも無垢に見える陽子を見て呆れながら、なんだか温かい気持ちになって、微笑んでいた。

「これ、ほら」

机に置いたその紙箱を開けると、そこに入っていたのは。

「……チーズケーキ？」

開いた箱のなか。きらきらとした黄金みたいにちりばめられたザラメ状のチーズの下に、しっとりとした質感の生地が見える。ずっしりと重厚感のあるそのスポンジは、食べる前から濃厚な甘みが想像できるようだった。

陽子は太陽のように、葵に笑いかける。

「そういう悲しいことがあったときは、甘いものを食べるのが一番なの」

「そ、そうなの……？」

呆気にとられるように聞き返す葵の両頬を、陽子は手のひらで、むにっと挟み込んだ。

「――そうなの！」

流されるがままにフォークを手に取って、ニコニコ笑っている陽子に見守られて。言われるがままに食べたチーズケーキは、口に入れた瞬間、寂れた心に蜜が染み入るような甘みが広がった。一口食べるごとに口のなかでじわっと、悲しみが溶けて消えていくようで。

「……っ、……美味しい」

「でしょ？」

「美味しい……っ」

自分ではそこまで気にしているとは思っていなかった。けれど、優しい言葉とともに二人で共有するその味が、なんだか暖かくて。ぐずぐずと情けなく、声が崩れていってしまう。

陽子は一緒になってそのチーズケーキを頬張りながら、ふわりと微笑んだ。

「心が疲れてるから、いつもよりも、もーっと甘く感じるんだよ？」

「……うん」

「だからね」

そして陽子は、葵のすべてを肯定するように。

「葵が今日、美代子ちゃんと喧嘩したのは――

このチーズケーキをいつもよりも美味しく食べるためだったってこと！」

ぶわっと、心を抱きしめられたかのような気持ちが沸き上がる。

「あはは……」

初めは半分呆れの感情だったけれど、いつの間にかぜんぶが喜びの色に変わっていて。

「──そう、なのかもっ！」

そう考えるだけで、心が軽くなった。

そう思えるだけで、心が前向きになれた。

それはまるで、魔法のようだった。

「だから、次同じことがあっても、もう大丈夫でしょ？」

起きた出来事の点と点をつなげるように、物語を作り上げて。

「……うん！」

まるで即興のストーリーテラーのように語る陽子の言葉が──葵は大好きだった。

日南家には、みんなの家にはない部屋が、一つだけある。

そこにはどうやら大切らしい言葉が書かれた縦に長い紙が、大切そうに飾られていたことだけを、葵は覚えている。

「あ……」

あるとき、その部屋のドアを開けてリビングに戻ってくる陽子の姿を、葵は見ていた。

一日の朝と夕に二度、日によってはさらに何度か。

母親がその部屋に入っていき、十数分だけそこにこもってしまうことが、葵は嫌いだった。

それは、大好きな母親と一緒にいられる時間が少なくなってしまうから、というだけではない。

母親に誘われて何度か一緒にそれをしたとき、得も言われぬ違和感があったから——ということも、きっとその理由の本質ではない。

——なんだかそれをしているときのお母さんは、その瞬間だけ、お母さんじゃなくなっている。

そんなような気がしていたのだ。

だから葵はその部屋について、詳しいことは知らない。

いや——正確に言えばきっと、思い出すことができない。

彼女が信じたい幸せな世界には、この部屋はあってはいけなかったから。

彼女が信じたい理想のお母さんが、そんな俗っぽいものであってはならなかったから。

だから葵（あおい）はその部屋を自分の心の奥に封じ込めて。

近寄らないことに、決めた。


葵にわかっていたのは、二つだけ。

このことはきっと、クラスのみんなに知られてはいけないということ。

この場所がきっと、お母さんが強く、優しくありつづけられる本当の理由であろうこと。

それだけだった。


生活にひびが入るきっかけになる事件が起きたのは、葵が小学六年生のときだった。

二つ年下の妹である日南渚（ひなみなぎさ）が、とある夕食の席で、こんなことを零（こぼ）した。

「ねえお母さん。相談したいことがあって」

「相談？」

手作りのおかずが三品も四品もずらりと並んだ食卓。

そこに新たに並べられた言葉は、こんなものだった。

「クラスに、みんなから無視されたり、嫌なことを言われたり、してる人がいるんだ。私、それがすっごくいやで」

渚の言葉に、陽子は眉をひそめる。

「私、その子を助けてあげたいんだけど……どうしたらいいかな？」

賑やかな食卓に、一瞬沈黙が流れる。

いじめ問題と、その解決法。

きっとそこに、正解と呼べる答えはないだろう。

綺麗ごとを言えば、加害者を窘めるのが正しいのかもしれない。けれどそれで問題のすべてが解決する保証はどこにもないし、むしろ悪化したり自分が傷ついてしまう場合もある。大人がきちんと動いてくれなかった場合、どんな極端なところまでことが進むのかわからない。

だからこそ、葵と遥だけでなく、陽子も回答に困っていた。

「みんなのこと、注意しようと思ってるんだけど、いいかな？」

真っ直ぐに向けられた正義感と、救いたいという尊い意志。

小学四年生の女の子が振りかざすにはあまりにも正しく、あまりにも逞しく――だからこそ、あまりにも危なっかしい。

同時にそれは、陽子が毎日欠かさず愛情を注ぎつづけたからこそ育まれた、自己肯定感がもたらす強さでもあって。

やがて陽子は決意したように、口を開いた。

「そうやって、助けようって思えること、お母さんはとっても誇らしいし、素晴らしいことだと思う」

「ほんと⁉」

陽子は、微笑んで頷く。

「私はいつでも、渚の味方よ」

「お母さん……！」

「でもね、渚」

たしなめるように、トーンを落として。

見えないなにかを信じるように、真っ直ぐな声で言った。

「世界がその子がいじめられることを、選んじゃっているわけでしょ？」

ぴくりと、葵の眉が動く。

陽子はきっと、世界と戦うことを選ぼうとしている渚ほどは、強くなかったのだろう。

だから一つずつ、決まったゴールに向かって言葉を連ねた。

「だとしたら、この事件はひょっとすると、その子にとってもなにかを得るチャンスなのかもしれないの」

決められたピースをはめていくように、物語を紡いでいく。

「葵がそうだったみたいに、いつか仲直りして、誰かと一緒に甘くて美味しいものを、いっちばん美味しい気持ちで食べられるまでの、試練なのかもしれないの」

望んだ結末までを演出するストーリーテラーのように、美しく見える理由を作り上げ、キラキラと飾り立てて。それはいつもの陽子の語り口調そのもので。

だけどそれを聞いていた葵にとって、この物語はなんだか――いつもと少し、印象が違った。

「だから、なにもせずに見守るのも、一つの選択だと思う。お母さんは……あまり、無理はしてほしくないかな」

最後に願いの混じったその言葉は、ただ単に自分の子供が悲しい目に遭ってほしくない。そんな親心に端を発した、優しさだったようにも見えた。

けれど同時に、偏った思想や先入観に基づいた極論のようにも聞こえて。

その答えはきっと、もう永遠にわかることはない。

ただ――どちらにせよ、葵がその日のことを忘れることはないだろう。

だって葵が生まれて初めて――母親の言うことに、違和感を覚えた日だったのだから。

それから数週間後。

陽子と葵は、最も恐れていたことを渚から相談される。

クラスでいじめに遭っていた生徒を庇い、そのせいで今度は自分がその標的になってしまった、と言うのだ。

「まだちょっと机を蹴られたくらいだけど……なんか嫌な予感してさぁ」

「そう……なのね。渚は、そっちを選んだのね……」

声を震えさせながら言う陽子は、けれどなにかを必死に考えているようで。

「うん。けど、大丈夫だよ」

「大丈夫って……？」

聞き返す陽子に、渚は強く、にっと笑いかけた。

「だって、私はね？」

そしてびしっと、天を指すように指先を力強く掲げて。

気高く、宣言する。

「――おにのごとくただしいっ！　おにただ！　だもん！」

太陽のような笑顔を浮かべて、自分を定義するように。

それは、幼少期からずっと姉妹三人で何度も繰り返し遊んでいたゲームの、豚を模したキャラクターが発していた決め台詞。

「自分が正しいって思えてたら、最後まで正しく戦えたら、それだけでゲームクリアなんだって、ブインが言ってたもん！」

　まるでバイブルのように言葉を引用して、自分が戦う理由に変えてしまえる高潔さを、葵は眩しく見つめていた。


　いじめは激化するが、それを止める術はなく、徐々に渚はボロボロになっていった。心配する三人に、渚はやっぱり笑顔を作って、こんなことを言う。

「けどね。今日もちゃんと、いじめてる人のこと注意できたよ。やられてる子の、相談にのってあげられたよ」

　作られた元気な表情には明らかに、焦燥と疲弊が混ざっていて。

「私はね、自分が正しいって思えることを、ずっとできてるんだ。――おにただっ！」

　けれどその目の奥には確固たる信念の炎が灯っていて。

　奥にはきっと、三人姉妹が大好きな、強くてお茶目な豚のキャラクターがいた。

「……そう。えらいわね。渚はなにも悪くないわ。お母さんは、絶対に味方だからね」

「うん。……ありがと」

陽子はその度に渚を励ますような言葉を並べて。

必ず、暖かい言葉とともに味方であることを表明して。

「大丈夫。これはきっと――渚がもっと強くなるために起きた試練なのよ」

けれど最後に必ず――渚の置かれている状況を、肯定した。

あるとき。夕食の準備をしている陽子に、葵は話しかけた。

「ねえ、お母さん」

陽子はロールキャベツを煮込んでいた鍋の火を弱め、葵に振り返る。

「どうしたの？　葵」

「あのね……」

――渚って本当に、このままでいいの？

その言葉は今日に限らず頭のなかに何回も浮かんだし、違和感は日に日に大きくなっていくばかりだった。

けれど。

「っ」

その疑問を口にすることが、どうしてか得体が知れないほどに怖くて。それは自分のなかの大切ななにかを否定してしまう行為のような気がして。

もしもそれをしてしまったら、自分をこれまで満たしていたなにかがすべて、零れていってしまうような気がして。

だから葵はそれ以上言葉が続かず、ただ首を横に振った。

「……ううん」

そのとき葵の顔に浮かんでいたのは、自分のなかに浮かんだ矛盾や疑いを見て見ぬふりをするための、不誠実な笑みで。

「なんでも、ない！」

自分の言葉を、疑問を。なかったことにして否定すると、葵の視線は弱々しく地に落ちた。

「……そう？」

そして陽子はなんの衒いもない真っ直ぐな声で、

「それなら、いいのよ！」

一片の疑いもない晴れやかな、けれどどこか固い温度で、笑った。

葵の胸にまた、ちくり、と棘が刺さるような違和感が走る。

いや、思えば葵はこの違和感を、いままで何度も経験したことがあったのかもしれない。

お母さんは、いつでも私たちの味方でいてくれる。

お母さんは、いつでも前を向けるような言葉をくれる。

けどお母さんは——渚の状況を変えるための具体的な行動は、なにもしてくれない。

葵は賢かった。

だから積み重なった違和感から、すり込まれたその根っこを、疑うことができた。

葵は優しかった。

だから渚が置かれている状況のことを本気で考えて、どうするのが渚にとって一番いいのかを、本気で考えることができた。

だけど——葵は、弱かった。

だからもしもこの違和感が本当だったのだとして、一体自分は新しくなにを信じればいいのかわからずに——なに一つ行動に移すことは、できなかったのだ。

「ねえ、葵お姉ちゃん」

事件の始まりから数か月が過ぎた頃（ころ）。

渚の口数は減り、ぼんやりすることが増えていた。そんな渚は今日、ぼーっと焦点の合わない瞳（ひとみ）で、葵に話しかけている。

「ブインが言ってることとって、本当に正しかったのかなあ？」

渚は、ふらついた頭を重そうに動かしながら、這（は）うような速度で言う。

葵も渚もそのフレーズが大好きで、意味がわからないころから、ただ響きが好きという理由だけで何度もそれを真似（まね）したし、その言葉の意味をわかるようになってからは、自分が人生の選択に迷ったときになんとなく、そのフレーズを思い出した。それがきっと、彼女たちが親しみ、信じていた物語だったから。

「おにのごとくただしい。――おにただ」

葵が言うと、渚もそのあとを継ぐように。

「自分に正しく生きてたら、それだけでゲームクリアなんだよっ」

言い終えると、渚は疲れたように笑う。

「ねえ、葵お姉ちゃん」

「うん？」

不意にぼおっと渚が生気を失って、霧のように消えていってしまう感覚を、葵は覚えた。

「……正しく生きてたら、それだけでゲームクリア、なんて」

やがて渚は、その虚ろな眼で、諦めるように窓の外を眺めた。

「――ブインが、いまの私を見ても、言えるのかなあ？」

「……っ！」

葵は、重く鈍い衝撃を受けた。

だって葵は、それがなによりも怖いことだと、感覚で理解していたから。

自分を満たしてくれる気持ちよさを疑い、それを口にしてしまうことが、どれほどに怖いことなのかを知っていた。自分を構成する大切な根っこを否定してしまったら、自分が生んだ結果を肯定してくれる言葉を捨ててしまったら、自分のすべてが空っぽになってしまう。そんな予感を振り切ることができなかったから、なにもできずに今日まで過ごしてきた。

だから渚が置かれている残酷な状況を見て見ぬふりして、今日まで生きてきた。

けれどいま、渚はそれをはっきりと、口にした。

こんなに追い詰められて、ギリギリのいま、自らがそれを疑ったのだ。

渚が抱えているものがどれほどの絶望なのか、葵にはわかってしまった。

「それは……っ」

渚は、絶対に間違ってない。だから大丈夫。

葵はそう、言ってやりたかった。

ブインなら絶対に言ってくれるよ、渚のことを指差して、おにただ、って。

そう言って、姉として、渚の頭を優しく撫でてやりたかった。

けれど。

「……っ」

本当に――一つの言葉を信じつづけることが、正しいのだろうか。

その信念や希望が本当に、渚のことを救ってくれるのだろうか。

祈りや願いが、葵の大好きな昔の渚のような輝いた笑顔を、取り戻してくれるのだろうか。

曖昧で抽象的な言葉が、渚が直面しているいじめという具体的な現実を、変えてくれるのだろうか。

――そんなわけがない、と思ってしまった。

「……葵お姉ちゃん」

煙がたゆたって消えていくような気配とともに、渚は弱々しく笑う。

誰かに助けを求めるような最後の表情を、俯いてしまった葵は、見ることができなかった。

「もしかしたら……正しく生きることなんて、なんの意味もなかったのかなぁ」

世界を呪うような言葉は、濡れた肉の塊がびたんと床に張り付くように、醜く落ちた。

数週間後。

その日は、あまりにも突然やってきた。

病院の待合室。遥と並んで一緒に祈るように座っていた二人のもとに、扉を開けた陽子が出てくる。その表情はこの世の終わりを見てきたかのように、暗く濁っていた。

本当は二人も、その時点ですべてを察していたのかもしれない。

「お母さん……！」

「渚は……っ!?」

葵と遥が縋るように言う。

けれど、陽子の表情は、曇ったままだった。

「渚は……もう、この世界から旅立ったの」

葵と遥は、ひっと小さく、声にならない声を出すことしかできない。

家族の死。それを実感として受け止めるには、小学六年生と三年生の二人は、あまりにも幼すぎた。

「葵、遥……っ」

陽子は二人に目線の高さを合わせるように、ゆっくりと屈んで、順番に目を合わせる。零れそうになる涙を陽子は必死に堪えながら、けど、そんなの堪えることなんて、できるはずがなくて。ぼろぼろと、大きすぎるほどに大粒の涙が、次々と溢れ出してきて。

それでも自分より娘たちを優先するように、陽子は二人の頭を優しく撫でた。

ゆっくり、ゆっくりと。その体温をしっかりと、確かめるように。

悲しみに濡れる輪郭がぼやけて、どこかに消えていってしまわないように、撫でつづけた。

それは、愛と言うにほかならない所作で。
なにも言わずとも二人には、その母の優しさが、懐の深さが。
伝わっているような気がしていた。

——けれど。

陽子(ようこ)が二人の目を見て、涙ながらに、励ますように微笑(ほほえ)んで。
二人にかけた、その言葉は。

「これもね？　——仕方ないことなの」

葵(あおい)はきっと、そのときに受けた黒い衝撃を——
美しく組み上がったカラフルな積み木がすべて、一夜にして真っ黒い炭に変わってしまったような瞬間を、生涯忘れることはないだろう。

「だって……世界が渚(なぎさ)の死を選んだってことは、これにも意味があるってことだから」

呼吸の仕方を、一瞬だけ忘れた。

陽子の言葉がぐあんぐあんと、真っ暗な葵の心のなかに、反響する。

空洞を転がりつづける呪(のろ)いの言葉は幾重にもなって鼓膜(こまく)を揺らし、眩暈(めまい)を誘発した。

「だから、その意味を探すためにも、前を向きましょう」

充血した目、引きつった笑顔。陽子は間違いなく、渚の死を、心から悲しんでいる。

けれど、その言葉だけは――渚の死のことを肯定していた。

「お母さん……？」

絶望の色をした感情が、葵の口から、どろりと血のように零(こぼ)れる。

母親の言うことを、本当は信じたかった。

世界で一番大好きな人の言うことに、いつものように、頷(うなず)きたかった。

大好きな人から飛び出す言葉を――大好きだって思いたかった。

けど、いまこの瞬間。

それだけは、することができなかった。

「ねえ……お母さん、嘘だよね……？」

錆びて狂ったバイオリンの弦のように、声がひび割れて震えた。

ひょっとしたら陽子だって、渚の死の悲しみを誤魔化すために。あるいは二人を励ますために、それを言っただけなのかもしれない。少なくとも、心の底から死に納得しているわけではないであろうことは、その涙に濡れた表情を見れば、すぐにわかった。

きっと陽子も弱くて、そう思うしかなくて。

だから、その物語に自分の実存のすべてを、預けてしまったのだろう。

そのとき。葵は思い知った。

「渚が死んじゃったのが、しかたないことなの……？」

この家でまかり通っていた、すべてを肯定して幸せを享受する価値観は。

受け入れたくない現実を肯定するためだけの、嘘だらけのハリボテだったことを。

「これにも意味があるなんて……本気で言ってるの……!?　ねえ……!!」

心の底から信じて、大好きで、自分が支えにしていたすべてが——偽物だったことを。

「……葵」

切迫した剣幕でまくし立てる葵に陽子は驚く。

けどその言葉は。陽子のまんなかの部分には決して、届いていなかった。

「あのね……葵」

微笑み（ほほえ）とともに弱々しく絞り出された声はふらふらと、しかし迷いなく。

あらかじめ決められていたゴールへと、転がっていった。

「だって世界は——そういうふうに、できているのよ……?」

彼女が信じていたものは、自分のなかの神様だけだった。

秒針が世界を刻みつける音が数回、葵と陽子の間を通り過ぎる。

待合室の柱にかけてある大きな時計は、夜の十時半を指していた。

「――っ！」

「葵!?」

母親の放つ言葉の、すべてが嫌になって。

自分を支配する言葉のすべてが、汚らわしく思えて。

葵は気がついたら、病院を飛び出していた。

「……う……っ。……ああああああっ！」

いや、汚らわしく思えたのは、母親ではないのかもしれない。

本当に汚らわしく、忌避したいほどの嫌悪感があったのは。

自分の一番まんなかの部分にこびりついた、ブヨブヨとした欺瞞の塊だった。

思えば私は、いつもそうだった。なにか嫌なことが起きたらお母さんの真似をして、次は上手くいくための試練だったとか、それをやめるべきだというお告げだっただとか無理やり解釈して、惨めさから目を背けてきた。いつもお母さんがしてくれたみたいに、そうすれば全部が楽になることを知っていたから、上手に、誰も傷つかないように、言い訳を並べつづけてきた。

大好きな人の価値観に甘えて、自分で考えることを放棄して、見えてる世界をねじ曲げてきたのだ。

けれどそれは、目の前の現実を変えてくれるわけではなかった。

そんなことに私は、大切な妹を失ってしまうまで、気がつくことができなかった——。


「私……っ！　私はっ！」


息が苦しい、呼吸が荒れる。

私はいま、渚の死を目の前にしていたから、それを振り切ることができただけで。

母親にそれを言われたときに一瞬だけ、い、つ、も、の、よ、う、に——渚の死のことを『しかたのないこと』だと思おうとした自分が、確かにいたのだ。

そうすればすべてを糧にして、前に進むことができて。

そうすれば一秒でも早く、この悲しみを忘れられるから。

楽なほうへ楽なほうへと流れそうになった自分が、私のなかに、確かにいたのだ。

そして、私がそんなふうに思ってしまったのは。

私のまんなかにこれが——こびりついているからなんだ。


「……っ！　——ろっ！」

自分の心に何度も、呪(のろ)いを打ちつける。

消えろ。

それが自分の身を傷つけて、痛々しく形を歪(ゆが)めてしまうのだとしても。
いつかそれが自分の器を壊して、決して満たされないガラクタに変えてしまうのだとしても、それでいいと思った。

消えろ、消えろ。
消えろ、消えろ、消えろ。
私のなかから、一秒でも早く、消えてなくなれ。

これは、前向きなんかじゃない。
これは、優しさなんかじゃない。
これは絶対に、正しくなんかない。

だってこんなの——本当のことから目を背(そむ)けて、楽をしているだけじゃないか。

自分のすべてが欺瞞で構成されていたことを、葵は身体の芯から思い知る。

ものさしを失い、ただ、この家を信じてきた十数年間を呪った。


けれど、それはもう、彼女にとってのすべてであって。

力任せに引き剝がしたところで葵には、空になった器しか残されていなかった。


「う……おぇっ……！　はぁっ……！」


道の側溝に向けて、つばを吐き出す。

この嘔吐感とともにこれが身体の外に吐き出されてくれたら、どんなに楽だっただろうか。

けれど彼女が吐き出せたのは、ドロドロになって糸を引く、現実のそれだけで。これじゃあ自分のなかの間違った部分をなにひとつ浄化できていない気がして、ひどく、苦しくて、汚らわしかった。

もしも人生をやり直すとしたら、一体どこからどうやり直せばいいのだろうか。

それを考えて、すぐに答えが出た。

だって私はきっと生まれてこのかた、間違った道だけを全力で、駆け抜けてきたのだ。

暗く、惨めで汚らわしい道を、母の教えのままに、笑顔で走ってきたのだ。

だったら私はこれから——どうやって生きればいいのだろう？

なにを信じて、進んでいけばいいのだろう？

「……私って」

歩き慣れた、大宮の町を見渡す。

そこに広がった景色が心の底からバカみたいで、可笑しくて、笑いがこみ上げてきた。

私の世界は、ぜんぶがカラフルだと思っていた。

私の世界は、すべてが輝いてると思っていた。

けれどいま、私の目の前に広がる世界は、まるで。……あははは。

モノクロの——焼け野原みたいだ。

「そっか……っ。私、って——」

日南葵はこの瞬間。

世界のすべてが、大嫌いだった。

「私って、気持ち悪いなあ」

❀❀❀

日が暮れて、俺たちを夜が覆っている。

語り終えた日南(ひなみ)は左右非対称に歪(ゆが)んだ笑みを浮かべたまま、黒い瞳(ひとみ)で俺を見据えていた。

「ただ、それだけの話よ」

動いた唇(くちびる)は酷(ひど)く乾いていて、赤いひび割れが、痛々しく光っている。

崩れた髪の隙間(すきま)からやつれた顔を覗(のぞ)かせる日南葵(あおい)は、明らかに不完全で。

俺はただその失われた物語の前で、立ち尽くしていた。

「――私のなかにいた、神様は死んだの」

神様。

言葉はきっと、ほとんどそのままの意味だった。

偏(かたよ)った環境で、一つの価値観を信じ込まされて。

一つの言葉だけですべての結果を肯定できて、幸せに生きてきて。なのにある日突然、その根っこがすべて間違っていたのだと、世界から突きつけられた。

失ってぽっかりと空いた穴にはもう、醜(みにく)い異物しか浮かんでいなかったのだとしたら。

俺はそれを理屈では理解できたけど、真に共感はできていないのだろう。

それでも俺は、理屈では理解できたということの感覚を、決して手放さない。

「だからもう私には、信じられるものがない」

日南は事実を淡々と述べるように言う。

「少なくとも、あんな間違った生き方をしてきた自分だけは絶対に、信じられない」

きっと、悲鳴に近い言葉だ。

「なら、確からしい『勝利』を担保にする以外、なにがあるの？」

日南がその価値として担保していたのは、一貫して『自分』ではなかった。

「もしも、それすら間違ってるっていうなら……」

勝利、需要、価値、承認、依存。

それらはきっとぜんぶ——神様の代わりだ。

「私は——なにを信じればいいの？」

信じる理由の根源を問う、日南の言葉。

俺はいまやっと、あのとき大阪で問われた言葉の意味を、理解できたような気がした。

──「それはほんとうの意味で、正しいと言える？」

日南が言っていた『ほんとうの意味』とは。

信じる理由を問い、その信じる理由を信じられる理由を問い、さらに理由の先に問いを連ね、どこまでも根っこに、根源へと遡っていったとき、その先になにがあるのか。そこに空っぽ以外の答えが存在しうるのか。そこに正しさを、誰が担保できるのか。


きっとそこに理由を与えられるのは──神様しかいない。


息を吸って、視界のまんなかに、日南を捉える。

初めて本当の弱さを晒してくれた日南のことを、今度はもう絶対に、見逃さないように。

自分の伝えたいことをすべて、伝えられるように。

日南葵をもう、ひとりぼっちにしないように。

「その答え、俺ならわかるよ」

じっと、日南の目を見つめる。

「俺はさ。nanashiとして、ずっと自分を信じてきたんだ」

ぼっちから始まって、人生を楽しくすることもできるようになった、過去を思いながら。

「お前もご存じの通り、俺は陰キャで非リア充で、一般的に見たら負け組だった。けど、そのときでも、俺はずっと、自分だけを信じてきた」

したたかに、言ってやる。

「だから俺は、自分を信じることに関しては、お前よりも上級者だ」

日南は不快そうに顔を歪める。けれど諦めたようにため息をつくと、俺の顔をじっと見た。

「お前に授けるよ。このゲームの必勝法を」

シンプルで明快な、俺の答えを。

「理由なんて、いらないんだ」

それは、心の底からの本音だった。

「空っぽでも無根拠に、『自分が自分だから』って、馬鹿みたいに信じればいいんだよ。難しく考えなくても、たったそれだけで」

自信をもって、日南自身を肯定するように言う。

――しかし。

日南はよりいっそう悲しい表情で、こちらを見ている。

「たしかに、それは正論だと思う。……さすがは上級者って感じね」

皮肉っぽい言葉を自嘲的に言って、いっそ敗北感すら感じる空気を纏う。

「自分を信じるには、それしか方法がない。本当の正しさなんてないんだから、『意図的に根拠をなくして、でも信じる』こと。一番論理的に正しいし、どこにも矛盾がない」

「だろ？　だからお前も、俺みたいに、自分を信じれば――」

「ううん。けど、それはね？」

どす黒く濁った瞳を、諦めたように細める。

湛えられていたのは、夜の湖を覆う薄氷のような、脆い笑みで。

「――私みたいな弱キャラには、できないの」

俺は思う。少し前までの俺だったら、その敗北宣言にショックを受けて、これ以上なにも言葉を重ねることはできなかっただろう。

俺は日南葵に、強くあってほしいと思っていた。

それはたぶん憧れだったし、信頼でもあった。けれど同時に、勝手な期待でもあった。

だから日南が自分を再びそんな言葉で定義してしまうことへの悲しさで、頭が回らなくなっていただろう。

――それは夏休み、北与野(きたよの)駅での断絶のときのように。

――それは大阪の夜、星空の下での対話のときのように。

けど、いまの俺は違う。

いまの俺は、直視している。

強くあってほしいと思っていた日南葵が。

本当の意味では――弱キャラであるということを。

「そう言うと思ったよ」

いまの俺は、その先を言葉に変えることができる。

「だって俺は知ってるから。

お前は、まごうことなき、弱キャラなんだって」

こんなこと、ほかの誰も思っていない。
遥ちゃんに聞いたって、みみみに聞いたって。
水沢に聞いたって、なんなら菊池さんに聞いたって。
日南は誰よりも高潔で、輝いていて。
もしかしたら孤独かもしれないけれど——誰よりも強い存在。そう答えるだろう。
けど、俺は違う。
俺は、日南の弱さを直視している。
そして俺は、日南のことを特別だと思っている。
だから俺だけは、その弱さの内側に、無責任に踏み込むことができる。
「もしも自分を信じられない、って言うんだったらさ」
日南葵の弱さを——友崎文也が、背負ってやるために。
日本最強ゲーマーであるnanashiが、NO NAMEに、言ってやる。

「俺を信じろ」

それは、いつかも言った単純な理屈に似ていて。

けど、背負う覚悟の有無だけが、決定的に違っていて。

「お前が唯一勝てなかった、強キャラの友崎文也のことを信じろ」

俺が自分を強キャラだと信じることができたからこそ、言える理屈で。

日南のことを弱キャラだと直視したからこそ、伝えられる言葉で。

「理由も、根拠も、それらしい論理もなにもないけど、それでも俺はお前を肯定する」

そして――ずっと一人だった俺が、一人を理解しているからこそ、伝えられる言葉だった。

「――日南葵は、正しい」

俺はただ、馬鹿(ばか)みたいに言い切る。

だってここには、理由もない。根拠もない。

日南葵が、自分のことをそう信じられる必要すらない。

あるのはただ俺がそう思うという、神様と同じくらい根拠のない、自信だけなのだから。

日南はしばらくぽかんと俺を見つめると、くすりと力が抜けたように笑って、

「nanashiのことを信じろ、ね」

呆れたように笑った。

「そうだ。夏休みのときにも言っただろ？　俺はここに関しては、お前に必勝なんだよ」

「そうね、そうだった」

けれどどうしてだろう、日南は少しだけ寂しそうに笑っている。

「ね、友崎くん。……ううん、nanashi」

「なんだよ？」

日南は一歩を踏み出すと、公園の外へと歩いていく。

「二人で行きたいところがあるの。……いまからちょっとだけ、付き合ってくれない？」

それはどこか心を開いてくれたような言い方で。

「おう。いいぞ、どこへだって」

俺はいまやっと、ほんとうの意味で日南葵と話ができているのかもしれない。そんなことを思いながら、日南のあとに続くのだった。

＊＊＊

そうして俺は日南の部屋で、一人所在なげに正座している。これは初めてこいつの家に来たときと似ている状況で、だから俺は無意識にどこからかやってきている正体不明のいい匂(にお)いの出所を考察しながら、一人日南の帰りを待っていた。おそらくはあの机の横に置いてある、謎(なぞ)の石みたいなやつだろう。アロマオイルを吸収させて匂いを充満させる機能を持つ石があることを、あのときから成長した俺は知っている。正体、見破ったり。

やがて、階段を上る音とともに、人影が戻ってくる。それは日南をそのまま幼くしたような雰囲気(ふんいき)の女の子で――つまり。

「日南葵の妹さん……だね、今回はマジでそうだね」

「友崎さん……！　お姉ちゃんとは……？」

初めて家に来たときは化粧を落とした日南を妹と勘違いしたけれど、今回はちゃんと遥(はるか)ちゃんだった。こんなデジャヴいる？

「うん。大丈夫。ちゃんと、話せたよ」

優しく答えると、また階段を上る足音が聞こえる。そちらに目をやると、遥ちゃんは慌(あわ)てたように俺にぺこりとお辞儀をした。

「えっと……私はこれで！」

遥ちゃんと入れ違いに、日南が戻ってくる。

そして、持ってきたのはアタファミ用のコントローラーで。

「いやいや。……ってことは」

「もちろん。好きなのを選んで。やりましょう。——一対一で」

言いながら日南は、淡々とアタファミの準備を始めた。

けれどどうしてだろうか。

その瞳にどこか、悲しみのようなものが浮かんでいたのは。


「にしても、このタイミングでアタファミねえ」

「ええ。なにか問題ある？」

「いや、問題はないけど……」

苦笑しながらも、日南が持ってきたコントローラーから一つを選んで、本体に接続する。日南の様子は今までと少し違っていて、なにやら静かというか、研ぎ澄まされた雰囲気だった。

モニターには、キャラ選択画面が表示されている。

「それじゃ、俺はこれで」

俺は少し前に変えたメインキャラであるジャックを選択する。こいつとの出会いのきっかけになったファウンドで戦えないのが少し寂しくはあるけれど、最近はファウンドよりも強くなったからしかたがない。キャラ対策されていないという意味でも、こちらのほうが分がいいだろう。

「やっぱり、ファウンドはやめたのね」

寂しげに言う日南は、ゆっくりとカーソルを動かす。

そして、日南がカーソルを合わせたキャラクターは――。

「お前、それ……」

「ここ最近、ずっと練習してたの。家にいるとき、ずっと、バカみたいにね」

「いや、話には聞いてたけど……学校サボって何やってんだよ」

俺は苦笑しながらも、少し嬉しくなる。ずっとアタファミやってるって、マジだったんだな。

「しかたないでしょ。あなたがメインを変えたんだもん。だからファウンドを使っても、私はあれ以上は上手くなれない」

淡々と、事実を説明するように言う。

「けどね。……そのおかげで得たものもあったの」

「得たもの？」

日南はぼんやりと、画面を見ながら言う。

「あなたのプレイスタイルは、華があって、アドリブ性が高くて、なのに強くて。みんなが思う、アタファミの理想を追求したみたいな姿だった。けど……」

日南は、つまらなそうに。


「私は、きっと結果だけがあればいいの」


アタファミの野太いナレーションが、その名を呼ぶ。

「……ボックスマン、か」

呆れるくらいに、日南葵らしいな、と思った。

ボックスマン。

そのキャラクターはアタファミ後期に追加されたダウンロードコンテンツのキャラクターで、ファウンドやジャックなどの立ち回りキャラとは違って、敵から逃げて素材を溜めることで自らを強化することができる、いわゆる待ちキャラだ。

徹底的に待ちながら、素材を集めて自らを強化する。強化されることを嫌って攻めてきた相手を捌くことで莫大なリターンを得る、まさに冷酷無比を画に描いたようなキャラで、これまでのアタファミの常識からは少し、外れている。

「ま、いいよ。そんな付け焼き刃が俺に通用するかな?」

「……ええ」

たしかにいままでの日南もクールというか塩対応なイメージはあったけど、なんというかいまのこいつはそれとも違う、ただゲームに集中しているような雰囲気で。

「それじゃあ、三先でいきましょうか」

三先。つまり先に三本をとったほうが勝ちという、大会でもメジャーな形式だ。

「いいぜ、望むところだ」

「……」

居心地の悪い温度差が埋まらないまま、やがて試合が始まった。

試合が始まって数秒。日南は攻める気配を見せず、ただ素材を集めている。

「随分しょっぱいプレイだな？」

俺の煽りを、日南は意に介さない。

「攻めるっていうのは、読み合いをするってことでしょ。そこには絶対に、リスクが伴う。ならそんなもの、相手にだけ負わせればいいの」

日南の操るボックスマンは壁を張ってその向こう側にこもり、ステージを掘って素材を集めていく。ダメージや間合いなど、盤面上はなにも変わっていないように見えるけど、少しずつキャラが強化されているという意味で、ほんの僅かなリターンが着実に積み重なっていく。

それはまるで、孤独に自らを研鑽していく、パーフェクトヒロインのようで。

「たしかに、理論だけで言うならそうかもな。……けど」

俺のジャックが切り込んでいく。

「そんなの、知ったこっちゃないね」

ジャックがボックスマンの築いた壁を華麗に乗り越え、空中から奇襲をしかける。空中横移動速度も落下速度も優秀なジャックは、ボックスマンに有利とは言えないまでも、五分の読み合いを仕掛けることができる。日南はガードからそれを捌こうとするが——

「甘い」

透かし着地から小ジャンプ様子見で後ろ側にめくる、さらに距離の短いステステで技を釣って生まれた隙に、ダッシュ攻撃をたたき込む。ボックスマンが宙に浮き、着地狩りの展開だ。

一度浮かされたら弱いのがボックスマンの特徴で、特に素材が少ない状態だと、着地に便利な技が打てない関係上、一方的な展開になりがちだ。その隙をしつこく、着実に叩きつづけてリターンを積み重ねる。それがこのキャラの対策の基本だ。

やがて、俺はそんな基本的なボックスマン対策を淡々と実践し——。

一試合目は俺の勝利で終わる。

俺の攻めのパターンの多さに、日南が対応しきれなかった形だ。

俺はふう、とコントローラーを置くと、日南に向き直る。

「言っただろ。付け焼き刃は通用しないって。けど、なんでいきなり——」

するとと日南は、スマートフォンにいくつも文字を打ち込んでいって、それをじっと眺める。

「——三先、でしょ」

たしかに試合前に言ってはいたものの、新キャラであっさり一本落としたのだから、もう少し焦りがあってもよさそうなものだ。

「まあ、そうだけどな……」

次の試合が始まる。

二試合目。試合展開は大きくは変わらない。攻めるのは俺、捌くのは日南。けれど、さっき見せた攻めをもう一度やっても、ただの読み合いになるだけだ。俺はいままでなかった攻め方を繰り出していく。

またも勝利したが、いくつかの攻めに対応されてしまっただけに、さっきよりも辛勝だ。

追い詰められているはずの日南は焦らず、ただスマホに取ったメモをじっと見ている。その表情は不自然なほど冷静で、まるで負けることをまったく恐れていないような。

「なあ、次俺が取ったら勝ちなんだけど……」

「……ちょっと待って」

日南(ひなみ)はじっと、テスト前に暗記科目を最終チェックしているかのように。なにをしゃべるでもなく、ただじっと、メモらしき画面と向き合っている。

「……」

日南は少しだけ目をつぶり、なにか呟(つぶや)きはじめると、やがて。

「……いいわ、やりましょう」

「ったく、マイペースだな」

そうしてコントローラーを握ると、俺たちは再び対戦をスタートさせる。

第三試合。変なリズムでやってはいるものの、俺はそんなことでメンタルを崩すようなたまじゃない。なんせインターネットで数百戦をこなし、レート一位になっているわけだからな。

「……へえ」

さすがはNO NAMEと言うべきか、日南は俺が一度見せた攻めは、すでに対応してみせている。とはいえもちろん見てから対応なんてできるはずはないため読み合いになるのだけど、ボックスマン相手だと読み合いで負けたときのリターンで負けることが多く、読み合いには五分以上の勝率で勝つことが求められる。だから俺は今まで出したいくつもの攻めパターンの中から、ランダムに読まれないよう、攻めを分散させていった。

けど。

「これには……こう」

競っていき、徐々に苦しくなっていく。読み合いが五分ならリターンで負ける。

第三戦は――日南が勝利した。

最終ストックまでもつれた第三戦。最後に撃墜技を俺が当てていれば三先でストレート勝ちだっただけに、もったいない。

これで二対一。あと俺が一本、日南は二本取ったら勝ちとなる。こうなるともう油断はできない。

日南はじっと、スマホの画面を見つめている。

「これは違った……ここは修正して……」

俺は思わず苦笑してしまう。こいつ、どこまで勝ちだけにコミットするつもりなんだ。

「さあ、次ね」

相変わらず日南のペースで、第四試合が始まった。

「……っ」

なにがどう変わったか、と言われたら難しい。けれど明らかに、窮屈になっていて。

日南はただ冷静に、知っているものを処理するように、俺の攻めを捌いていった。

「それはさっき見た……こっちも。ああ、間違えた。もっとよく見ないと」

「……っ！」

何一つミスはしていないつもりだった。なんなら、指が温まってきて調子は上がっていると すら思う。けど、先に一機撃墜されたころ、俺は違和感に気がつく。

明らかに、俺のほうが分が悪い。

日南の守りに対して、これが唯一の解という攻め方は存在しない。けれど、読み合いが五分だと、リターン差で負けていく。だから読み合いをしかけつつも、要所要所ではジャックの機動力を活かして相手のミスを突き、読み合いから外れた確実なかたちでリターンを取っていく必要があるのだけど——一向にその隙が見つからない。

あらゆる攻めのパターンを織り交ぜて、フェイントも入れて、ときには引いてみて。それを繰り返しても、どのパターンも最終的には捌かれてしまい、結局は攻めあぐねる。

「……なるほどな」

つまりはこれが、日南のプレイスタイル。

素材を集めるという行為は、ごく小さなリターンを積み重ねるということ。これは一見守りにも見えるが、『勝ちに向けてのリターンを得る』という意味では、攻めでもあるのだ。

「一応、確認だけど」

「?」

「タイムアップになった場合は、大会ルールで、勝敗は判定よね？」

「……っ！」

　このゲームはストックをすべて落とす前に七分半が経過すると、試合が終わる。ゲーム的にはストック差がついた場合は多い方が勝ちになり、差がついていない場合、お互いに一撃でも攻撃を当てれば即死するサドンデスゲームが始まるのだが、大会ルールだとそうはならない。ストックが並んでいたら、より多くのダメージを蓄積させていたほうが勝ちとなるのだ。

　そのため、相手のすべてのストックを落とすのではなく、自分に有利な状況であればただ待ち続けて、タイムアップを狙う。そんな戦法も存在する。

　つまり——タイムアップを見越しているという事実が、俺に攻めを強いる圧になるのだ。

「……そっちも視野に入れてるのね。まあ、お前らしいよ」

　実際の大会において七分半なんて時間を使い切ることは全体の一割もなく、数少ないお互いに攻め手のないカード以外では、そこまで計算に入れなくてもいいそのルール。

　けど、日南は、判定での勝利を見越している。

　それはローリスクミドルリターンを超えた、『ノーリスク・超ローリターン』とも言える立ち回り。ハッキリ言ってこんなプレイ、配信なんてした日にはコメント欄が冷えるだのなんだの、えらいことになるだろう。

　だけど——勝つためには、なにも間違っていない、正しいプレイングだった。

「別に、私がどんな気持ちだとかは、関係ない」

据わった目で、ゲーム画面を見ながら。

「私は、ただ正しいことを、積み重ねるだけだから」

淡々と、処理するようにプレイする。その様子は仄暗く、相手の気持ちだとか、見栄えだとか、読み合いの楽しさだとか、ゲームコンセプトだとか。そんなものを一つも考慮せずにただ、勝利のために合理を重ねる、悪魔のようなプレイスタイルで。

——つまるところ。

文句のつけようもないくらいに、日南葵だった。

「ぐ……」

やがて、第四試合目の決着がついた。

最後に撃墜されたのは、俺のジャック。つまり、日南の勝利だ。

これで戦績は二対二。次の試合を勝ったほうが三先の勝者となる。

「……なるほど、な」

こうして三先の試合で先に二本を取り、二本を取り返されるという展開。アタファミの大会を見ていてもたまに見る光景で、基本的には追い上げている側が精神的に有利になりやすい。状況としては完全に五分のはずなのに、勢いのままに三本目もあっさりと取ってしまう、なんて想像が濃くなるものだ。

けど俺は、焦《あせ》っても、油断してもいなかった。

「――ふう」

だって俺は、こいつが本当に強いことを、もとより知っていたから。

なにせNO NAMEは、俺が最初に認めた、アタファミプレイヤーなのだ。

「最終戦、始めるか」

俺の言葉を聞き流しながら、日南はスタートボタンを押した。

「いいのか？　もう、メモしなくて」

画面が切り替わり、ジャックとボックスマンがステージに降り立つ。

「ええ。いいわ」

試合が始まり、早速ジャックがボックスマンを攻めはじめた。

――しかし。

「だってもう、わかったもの」

俺の攻めが、あっけなく捌《さば》かれた。

「え……」

隙《すき》を晒《さら》したジャックは空中に打ち上げられ、お手玉をされるように特大のコンボが決められる。俺は一気に不利な状況にたたき込まれる。

「わかった、って……」

「あなたの攻めのパターン。ボックスマンでどう対策すればいいのか」

「でたらめを言うな……たった四試合で俺の……」

「わかるに決まってるでしょ」

そしてまた素材を集め、キャラを強化しつづける日南(ひなみ)。相変わらず全く攻めず、ただ俺のキャラクターの動きを、注視している。

「私がどうやってアタファミが上手(うま)くなっていったか、忘れたの？」

その視線は冷たく、現実だけを捉(とら)えていて。


「私は——あなたのプレイのことを、あなたよりも知ってるわ」


「……っ！」

そこで俺は、確信する。

恐らく日南が言っていることは、嘘(うそ)ではない。

パターンを変えても、その択のすべてを潰(つぶ)すかのように、的確に対策をされる。

読み合いとはどこまでいってもじゃんけんのような要素からは逃(のが)れられないはずなのに、まるで攻め筋がないかのような時間が続く。

どこに攻めを入れれば上手くいくのか。その解が、まったく見えてこなかった。

「……いいよ、望むところだ」

俺の攻めのパターンが、ほとんど全て見破られている。それが本当なのだとしたら。

この状況を打破するためには、いままでにない攻めの形を見せるしかない。

日南の予想できない手を。

そのために必要なのは、圧倒的な操作精度と知識。コンボをアドリブで繋ぐだとかそんなものじゃなくて、普段俺がゲームをプレイしていないときにしている、戦法の考察。それこそ菊池さんと出会うまでは、移動教室の合間の休み時間でやっていたような脳内での思考実験を、試合中におこなって。

普通だったら絶対にしないような攻めのパターンをぶつけてやればいい。

アタファミにはいくつもの小技や隠れた仕様があって、それを使った超高難易度のコンボというのがいくつも存在する。けれどそれは、難易度に対してのリターンが合わなかったり、そもそも実戦で成功させることが現実的じゃなかったりと、ただの魅せプになっていることがほとんどだ。

だから本来、いままでのnanashiは、絶対にやったことのない動きで。

だからこそ、合理を突き詰めるNO NAMEはそれを想定できない。

脳内を加速させる。目の前のジャックの動き、そして脳内のジャックの動き。幸い日南のボックスマンは待ちキャラであるため、俺がイメージトレーニングをしている間に捌ききれないほどの差し込みをされることはほとんどない。

トッププレイヤーと対戦をしながら、いままで実戦でやったことのないコンボを一発目で成功させる。そんなのはきっと、どんなアタファミプレイヤーにもできない芸当だ。

けど、俺は違う。

だって俺は、nanashiだ。

俺は自信とともに空中でベクトルを反転しながら、絶での間合い管理、そして最速二段ジャンプからのガンを放った。

「——うん、やっぱり」

日南(ひなみ)の声は、終わりを予感させるような、寂(さび)しさに満ちていた。

「nanashiはこういうとき——一番操作が難しい選択肢を、自信満々に選ぶの」

予想不可能なはずの動きが、まるでそれを一点読みされたかのように、捌(さば)かれた。

「私はね、この休んでる間、ずっとアタファミをやって、ひたすらにアタファミの動画を見つづけてたの」

着地に生まれたジャックの隙に、ボックスマンが懐へ潜り込んだ。

「あなたのプレイは、まさに理想的だった。美しかった。待ちに逃げることなく攻めて、しっかり読み合いを回して、それで読み勝って。そんなこと、他の誰にもできなくて」

密着状態。ボックスマンのコンボ始動技が、ジャックのみぞおちを打つ。

「nanashiのプレイはかっこよくて、理想的で、輝いてて。だから気がついたら私は、あなたみたいになりたいって思ってた」

ボックスマンは、ただひたすらに、強い同じ技を、強い振り方で。

何度も何度も、同じように、なにも変わらずに、振りつづけている。

「だけどね。……私が真似するのには、向いてなかったの」

何度も、何度も、何度も。ただひたすらに強いだけの技が、ジャックを蝕んだ。

「私は――ただ勝つことしか、できないから」

俺はそのコンボから抜けることができず、ダメージが蓄積されていく。

「だから私は家にこもっている間、輝きを捨てた。理想を捨てた。ただ勝つことだけに専念した。そうすれば――」

ボックスマンのアタックが、俺のジャックにクリーンヒットする。

「勝つことだけは、できるんだ」

そうして終わってしまった最終戦。

「……っ」

画面に表示されているのは、無機質に喜ぶボックスマンの姿と、膝をつき、絶望しているジャックの姿だった。

「さっき、言ってたわよね」

日南は無表情で、淡々と。

「『お前が唯一勝てなかった、nanashiのことを信じろ』……だっけ」

日南は冷たく、けれど寂しそうに言った。

「これで、あなたを信じる理由はなくなった。だから、私が私を信じる根拠も、もうない」

なにも言えなかった。

アタファミは、俺が日南葵に必勝を叩きつけることができた、唯一の土俵で。

「だから……あなたには一つだけ、謝らないといけないわね」

日南はゲーム機の電源を直接長押しして、ブツリと電源を切った。

テレビの画面が、真っ黒に染まる。

「……なんだよ、謝るって」

ぼわりと黒い画面だけが浮かんだモニターのなか。

血の通わない暗闇が、俺と日南の間にあいた、中途半端な距離を映し出している。

「大宮であなたと会ったとき。……あそこから、最初から。私が間違ってたのよ」

そして日南は、吐き捨てるように。

こびりついた呪いに呑み込まれるように、言った。

「人生は――クソゲーよ」

5　魔法の鏡はいつだって、魔王の真実の姿を映し出す

アタファミすらやる気が起きない、なんて何年ぶりだろうか。

二年生のときの夏休みに、北与野の駅で日南と一度目の決別をしたときですら、ぼやけたような頭のなか、俺が逃げるような気持ちで没頭していたのは、アタファミだった。思えば俺はアタファミというものに出会って以来、それと向き合う気力すらもなくしたことは、一度もなかったのかもしれない。

いまの俺はそれすらできず、縛り付けられたように自室のベッドに横になっている。

頭のなかをぐるぐると回っているのは、同じ景色だ。

人生は、クソゲー。

そう日南は言った。

人生というゲームに向き合ってきた一年間、俺は人との関わりや自分のやりたいことについて、本気で考えてきた。やがてそれは日南の人生を楽しくしてやりたいという目的に変わっていって——なのに俺は日南のことを、なにも変えることはできなかった。

「お前が、教えてくれたんじゃなかったのかよ……」

悔しさだろうか、それとも、寂しさだろうか。

「人生は、神ゲーだって……」

日南に負けてしまったいま、『俺に勝ってから言え』という奥の手すら封じられて。

日南に人生を変えてもらったのに、すべてに色をつけてもらったのに。

恩返しをする資格すら、奪われてしまったのだ。

「なんか、全部嫌になってきたな……」

一人ぼそりと呟くと、意識は夜に溶けていった。

＊＊＊

翌日の月曜日。俺は学校を休んだ。

親には適当に嘘をついて。

ただなにもせず、一日を無駄にしていた。

頭がぼーっとしてだるくて疲れて、どんどんなにもする気が起きなくなって。だから寝て体力を回復するしかないのに、寝すぎたことが余計、思考の明瞭さを奪っていった。

どうしようもない負のループのなか、俺はこのぼんやりとした頭に、むしろ助けられていた。きっといま鮮明な思考で自分や日南のことについて考えていたら、自分を傷つけてしまいたくなるほどに、すべてが嫌になってしまっていただろうから。

「あー……ぁ」

ベッドの上で泥のように朽ちて、自分と世界との境界がわからなくなっていった。

起きているとも寝ているともつかない濁った意識のなか。

前触れなく、俺のスマホが震えた。

「……ん」

枕元で淡く光を放っているスマホを見ると、画面には菊池さんからの通話の着信を告げるアイコンと名前が表示されていて。

きっと俺が学校を休んだことを、心配してくれたのだろう。もしかすると俺が気がついていない間に、LINEでメッセージもくれていたのかもしれない。

「……」

正直なところ、出るかどうか迷った。いつもどおりの自分として振る舞えるか、不安だった。だけど、小説を書く理由がわからないと漏らし、迷ってしまっていた菊池さんは、いまは自分のことでも精一杯のはずだった。なのに俺を心配して、電話をかけてくれる。そのことを、尊重しないといけないと思った。

　ぼんやりした頭のままで、通話を受ける。

「……もしもし」

『文也くん……！』

その声からは、俺が電話に出たことに心から安心してくれたのが伝わってきて。

けれど——俺のぼんやりした心には、それすらも灰色にしか響かなかった。

『もしかしてあのあと……日南さんに会えたんですか？』

「え……」

まだなにも話していないというのに、突然すべてを察してくれて、俺は驚いてしまう。

「ど、どうして……？」

『わかりますよ』

菊池さんは、静かながら芯を感じるトーンで。

『私は文也くんの、彼女だから』

「……っ」

心の底から、ありがたいと思った。

けれど、それなのに。

『日南さんは、なんて——』

「――もう、どうしようもないんだ」

菊池さんの言葉を、遮ってしまった。

「だって俺、LINEも送って、待ち伏せなんかして、遥ちゃんと何回も会って、それでやっとあいつにも会えて、言いたいことを伝えてアタファミで対戦までしたのに……負けちゃって」

言いながらも俺は、薄々わかっていた。

「っていうかたぶん、負けたことは本質じゃないんだよな」

敗北はきっかけの一つでしかなくて。もしもいまから本気でアタファミを練習して、もう一度日南を負かせたとしても。それで解決になるわけがない。それであいつが心変わりして『私はnanashiを信じて生きていく』なんて展開になるわけがなかった。

「結局のところ、今回も、夏休みのあれも、一時しのぎにすぎなかったんだ」

自分でも気がついていて、だからこそ詭弁だとわかっていて。けど、その後に本当の答えを、ゆっくりと見つけていければいいと思っていた。それだけの時間が、俺とあいつにはあると思っていた。

けど、俺の声はもう、あいつに届かなくなってしまった。

「……悔しいけどさ。足りなかったんだ。俺が過ごした時間だけじゃ」

菊池さんが息を呑む音が聞こえた。

「当然だよな。あいつは、十何年間もずっと、あの家にいたんだ。……俺なんてまだ、たった一年、一緒に人生を攻略しただけの……」

言いながら、悲しみが零れてくる。

「……だけ、ってほど、俺はあいつにとってどうでもいい存在なのかなぁ……」

声が震えるのが自分でもわかる。できることを尽くして、それでも拒絶されて、一番得意なことで敗北する。そんな自分が、惨めで情けなくてしかたがなかった。

『そんなこと……ないです』

「そんなこと、あるよ……！　だって、たぶん俺にとってあいつは特別だったんだよ、けど、あいつのなかで俺は……！」

『違います！　きっと日南さんにとっても、友崎くんは誰よりも——』

特別、そう言おうとしたのだろうか。けれど菊池さんの声は、そこで小さくなって途切れてしまった。

「やっぱり、言い切る自信はないってこと……だよね」

言いながら、俺は自分が卑屈になってしまっていることに気がついていた。

『それは……それは違います』

菊池さんの声が、少しずつ震えていくのがわかる。

『私はただ……二人が……』

「二人が……なに」

震えが息に変わって、感情的なノイズとして俺の耳に届く。

『二人が特別って思い合ってるって……そんなことを、言うのが』

ノイズが、そのざらついた感情の音が、どんどんと大きくなる。

『悔しかった……だけです』

「っ！」

『文也くんは、私の……彼氏のはずなのに……』

思い知る。俺は本当に菊池さんのことすら見えてなかったのだと。あんなに心配をかけて、それでもいいと手を差し伸べてくれた菊池さんが、俺が日南にこだわっているところを見て、我慢をしてくれていたなんてこと、当たり前のはずなのに。

「菊池さんには……わからないよ」

だけど俺は、自分の惨めさから、菊池さんの気持ちを考えることすらできなかった恥ずかしさから、自分の弱さから目をそらすように——棘だらけの言葉を重ねた。

「だって俺はずっと……一人ぼっちなんだから。誰かと友達になっても、誰かと付き合っても、ずっと」

渦巻いていた業が、人を拒絶する言い訳となって、俺から吐き出される。

やがて、どちらからともなく沈黙が生まれて。

沈黙を破ったのは、菊池さんだった。

『私の言葉も……文也くんに、届いてないんですね』

悲しい声と、やがて切れてしまった電話の奥の沈黙は、俺の心を押しつぶした。

＊＊＊

翌日の火曜日。俺はまた学校を休んでいた。

日南との決別が悲しかったのか、それとも菊池さんとの喧嘩が悲しかったのかと問われたら、きっとどちらでもないのだと思う。

ただ俺は、自分の限界に、絶望してしまっていたのだ。

思えば俺は、いつだって大切なことはすべて、言葉を使って向き合ってきた。

初めのうちは、人生というゲームそのものについて、自分なりの経験と理屈を使ってクソゲーという結論を出し、自分の貴重な時間を自分が神ゲーだと思えるアタファミに充てる道を選んだ。

やがてそれは日南葵（ひなみあおい）にぶつけられた言葉によって少しずつ変化し、自分で自分を規定する言葉が、少しずつ変わっていった。

最初に日南と衝突したとき。

二人の間を分かつ決定的な断絶を認識し、それでも溝を埋めたいと思ったとき。

冷徹に仮面だけを肯定する日南と、本当にやりたいことの存在を信じたい俺をつなげるために使ったのもまた、言葉だった。

アタファミが強いからという詭弁（きべん）と。本当にやりたいことと仮面は両立できるのだという、二つの気持ちを無理やり橋渡しする言葉によって、二人の関係は延長された。そこには本当の意味での正しさはなく、二人をつなげていたのはあの時点では、ただ言葉だけだっただろう。

おそらくそれは、俺だけの話じゃない。

生徒会選挙の後。みみみの抱（かか）える劣等感と矛盾（むじゅん）を解決したのも、また言葉だった。

常に自分を誰（だれ）かと比べてしまい、結果なしには自信を持てない心根に振り回され、日南に対して拭（ぬぐ）えない劣等感を覚えてしまったみみみ。しかしたまちゃんの『私のなかの一番』という言葉によって、みみみのなかで燻（くすぶ）っていた気持ちが浄化され、一件落着を迎えた。

けれど、これをみみみの業と呼ぶべきだろうか、常に周囲と比較してしまう心根が変わったわけではないことを考えると、みみみの抱える問題の構造が本質的に解決したわけではない。あのときみみみはただ、たまちゃんの『一番』という言葉だけによって、前を向いていた。

球技大会の準備期間。泉が自分の在り方に悩んでいたとき、それを解決したのもまた、言葉だった。

つい誰かに合わせて損な役回りばかり引き受けてしまう自分が嫌いで、けどそれと同時に『困っている人を放っておけない』という感情が自分のなかにあると気がついたとき。

誰かに合わせて役目を押しつけられてしまうことには違和感があって、だから球技大会のリーダーをさせられて困っている平林さんの代わりにリーダーをやることにも違和感があって。だけど、平林さんをそのまま放っておくことにも、違和感があった。——思えばこの矛盾こそが、泉の業だったのかもしれなくて。

そんな矛盾した視界を、『自分がそうしたいと思ったなら、損な役回りでもいいんだ』という気付きの言葉だけで、ぱあっと広げて見せた。たった一つの言葉で、すべてを変えてしまったのだ。

紺野エリカとたまちゃんの一件だってそうだ。たまちゃんが自分の信じる正しさと、間違っている世界との軋轢ですり潰されそうになっているとき、それを解き放ったのもまた、言葉だった。

間違っているのはどう考えても世界のほうで、たまちゃんの貫いている価値観はなにも間違っていない。けれど、そんな間違った世界と戦う自分を見て、友達が悲しんでいる。

そんなどうしようもない袋小路を、『正しい自分を変えたい』という矛盾に満ちた、だけどあまりにも真っ直ぐな言葉によって、これでもかというほどに美しく、打破してみせた。

正しさを捨てるという間違った行為に、また別の正しさを与えたのも、やはり言葉だった。

そして——俺と、菊池さんは。

文化祭のとき、そして三送会のとき。

本当は自分と付き合うべきではないという世界の理想と、それでも前に進みたいという自分の感情との間で迷っていた菊池さん。

本当の意味で人と責任を預け合うことができないという俺の業と、それでも菊池さんが女の子として大切なんだという感情の間で悩んでいた俺。理想を考え、世界を俯瞰で見てしまうことが菊池さんの業だとするならば、俺たちは二人とも、業と感情の間で悩んでいた。

けれどお互い、他者を傷つけかねない業を持った相手を肯定し、自分が相手を選びたいから選ぶという、この世界という物語を生きる『キャラクター』としての言葉によって、業と感情の間を、理由でつなぐことができた。

人間は自分から見た世界しか観測することができなくて、だからすべてのものは『自分』と『自分じゃないもの』に分けることしか、原理的には不可能で。そんな世界で自分以外のものと交流するなんて、本当の意味ではできないに決まっていて。

つまり身も蓋もないくらい孤独が前提で、向き合いつづけるのが困難なくらい冷たくて――だけどそれが正しい。そんな世界という化け物のなかで生き抜いていくために、自分と他者をつなぎうる唯一の魔法。

それが、言葉なのだ。

けど。

自分の持ちうるすべての言葉をぶつけても、日南を変えることができなかった。

待ち伏せして、家族に勝手に接触して。

自分の彼女の業を、ある意味利用するような形で使って。

輝いていてほしかった日南葵の弱さを直視して、持てる言葉の限りを尽くして。

——それでも俺は、日南のまんなかには、届かなかったのだ。

もしも『理由』が、前に進むための歯車なのだとしたら。
俺がこうして人生を攻略するための歯車のすべてをくれたのは、間違いなく日南葵だった。
だけど、最後に日南は言った。
人生は、クソゲーなのだと。

だったら一体、俺が人生をプレイする理由は、どこにあるのだろう。

人生から言葉と理由を除いたとき、残ったのはただ——『空っぽ』だけだった。

いつから寝てしまっていたのだろうか。曖昧な意識の中にふと、ぶっぶ、と低い振動音が入り込んでくる。なにもできないまま溶かした時間の果てに、カーテンから差し込む陽は夜と夕方が混ざったすみれ色に変わっていた。寝ぼけた手つきでベッドをまさぐると、充電コードすら差し込めていなかった俺のスマホが、一件の通知を告げている。

「……え」

声を、漏らしてしまう。

画面に表示されていたのは、小説閲覧アプリのウォッチリストが更新されたという知らせ。

俺がそのアプリでウォッチリストに入れている作品は、たった一件。

菊池さんが執筆している、『純混血とアイスクリーム』だけだ。

最新回である第二章が更新されたのは、いまから数十分前だ。

「……」

俺は鈍い頭のままで、そのページを開く。

ただ気になった、というだけでは言葉が正確ではないと思う。

予感——いや、もしくは確信、とまで言ってしまっていいのかもしれない。

俺が菊池さんと喧嘩になってしまったのが昨日の話で。

ここ最近書籍化の話で大変だったのか、しばらく更新されていなかったこの小説が、このタイミングで更新される。

自意識過剰になることはできるだけ避けたい身だけれど、このことがまったく無関係であると思えるほど、俺は楽観的ではなかった。

俺はベッドから身を起こすと、勉強机の前に腰掛ける。

「……」

俺は通知をタップしてスマホのロックを外すと、小説投稿サイトにある菊池(きくち)さんのユーザーページを開く。

引き寄せられるように、その物語を読みはじめた。

『純混血とアイスクリーム』は序章のアルシアとリブラの出会いを経ると、二人が王城のアカデミーに入学し、困難と向き合いながらも人とのつながりを深める、学園ファンタジーの色を濃くしていく。

第二章は、アカデミーで行われる魔工芸大会を軸にした物語だ。

これまでは学園生活の処世のサポートをするために、リブラと多くの時間を過ごしていたアルシアだったけど、その大会に出るために少しの間リブラと距離を置くことになる。

その間もリブラはリブラなりに学園生活を送るのだが、とあるきっかけでアルシアの親友である青の種族の少女・ナナと仲良くなり――

「リブラって、アルシアと仲いいよね？」

「え、そうだね、一応」

「じゃあさ！　教えてよ！　アルシアの弱点！」

ナナの気まぐれから、魔工芸大会でナナのサポートをすることになるのだ。

魔工芸大会とはその名の通り、魔力を使った工芸品の出来を競う、アカデミーの大きな催しのうちの一つ。工芸ではなく魔工芸というだけあり、ただ見た目の美しさだけではなく、特殊な効果を持つ工芸品の出来を競い、優勝を決める大会だ。

リブラとともに戦うことになったナナはアカデミーの魔工芸クラブのエースであり、大会の優勝最有力候補。十年以上も魔工芸に向き合ってきたという経歴から、ほぼ一強だと思われていた。けれどそこに王家の直系であり『無血』という特別性を持ったアルシアが参加を表明したことで、下馬評は一転。魔工芸大会は『どちらが勝つのかを楽しむ』というモードに変わっていったのだ。

「私……勝てるかな？　相手はあの、アルシアだよ」

「絶対とは約束できないけど……僕に作戦がある」

王家の出身であり、すべてを持っている無血の少女、アルシア。

平民の出身であり、魔工芸しか取り柄がないと思っている少女、ナナ。

そんな二人の頂上決戦で、アルシアの裏の顔を知る純混血のリブラがナナをサポートする。

——それが、純混血とアイスクリームの第二章の主な筋書きだった。


「……これって」

読みながら、一人呟(つぶや)いてしまう。

こういうことは初めてではなかった。だからもう、偶然ではないとわかった。


奇策が得意な少年が努力家な少女と手を組み、圧倒的に器用な女王を相手に勝ちを目指す。

——この構造は、俺がよく見知った『物語』とよく似ていた。


ナナは魔工芸品を作る技術には秀でているが、戦闘能力やその他の魔力が乏しい。ゆえにアカデミー内の金鉱や迷いの森の奥地などにある貴重な資源を手に入れることは難しかった。

一方アルシアは無血の能力で多種族の純血を身体(からだ)に取り入れ、一時的に使うことができた。ゆえにその経験の積み重ねからあらゆる能力が高いゆえに苦手分野がない。工芸品を作る力だけではなく、魔力や戦闘能力などにおいても優れているため、危険な領域に足を踏み入れて貴重な資源を手に入れることができた。

下馬評ではほぼ互角だと考えられていたが、学園での処世を習っているリブラや、親友であるナナは知っていた。いまのアルシアが、いかにあらゆる面で研ぎ澄まされているのかを。

つまり——ただ策もなく戦ったら、勝率はほとんどない。

「正面から戦うのが難しいなら……搦手を使おう」

「搦手……？」


正面からまともに戦ったらきっと、地力の差でナナは負けてしまう。

窮地に追い込まれたナナの道を、リブラが持ち前の機転と発想によって切り開いていき、過去の師匠を追い詰めていく。つまり——


「……やっぱり」

既視感が、確信に変わる。

物語はあのときの選挙戦——俺がみみみと協力し、日南と選挙で戦ったときの流れに酷似していて。画面のなかを流れていく文字たちは、するりと自分のことのように、頭にしみこんでいった。

演劇のときから菊池さんの物語の神髄は、取材を通して誰かの心の奥を掘り下げることにあった。だからもう、ここまで似ているというのは、必然だとすら言えた。

この物語はきっと、俺が菊池さんに聞かせた『選挙戦』の物語を元にして、構成されている。

けれど——この小説には一つだけ。

俺が見てきた物語とは、絶対的に違う要素が含まれていた。

——この小説の主人公はリブラではなく、アルシアなのだ。

「溶けない氷、空蛇の生き血……。よし、これだけ揃えば、あとは——」

着実に準備を進めていたアルシアは、けれど同時に迷っていた。

恐らくこのまま戦えば、自分が圧勝するだろう。

そうなれば親友であるナナのプライドを、ズタズタに引き裂いてしまうことになる。そのとき、十年以上魔工芸と向き合ってきたナナが受けるダメージは、きっと想像を絶する。

とはいえこれは、勝負の世界の出来事だ。戦うということは負けを意識していなければならないし、むしろ自分の王家としての未来を考えると、ここでは圧倒的な実力差を見せておくべきだとすら言える。

けど、アルシアはわかっていなかった。

自分はなんのために、この大会で優勝を目指しているのか。

得られるその肩書きに、勝利に、一体どんな意味を見出だすのか。

「私は……王になるんだから」

自分に言い聞かせるようにつぶやきながらも、その言葉はどこか、空虚に響く。

「ならなきゃ……いけないいんだから」

義務のニュアンスを含んだその言葉に、決意と呼べる強さはなかった。

たしかに優勝すれば箔がつく。いずれ王家を継ぐことになったときにも、アカデミー時代に多くの大会で優勝していたという実績が残っていれば、市民からの支持も得やすいだろう。

けれど――。

アルシアは、アカデミーの最上階のバルコニーから月夜を眺め、ぼそりと呟く。

「それが一体、『この私』の、なんになる？」

親友のプライドを折って。

自分がなりたいわけでもない王になったときのための、箔を手に入れる。

それによって得た価値や承認じみたものは、本当に私自身になってくれるのだろうか。

無血のからだにほかの血を入れたときのように、得た能力や輝きはやがては消え失せ、またもとの空っぽに戻ってしまうような気がしてならなかった。

私がしたいことは、本当にそんなことなのだろうか？

親友を傷つけてまで、得なければいけないものなのだろうか？

「……でも、やるしかないよね」

問いに答えは出ないまま、しかしアルシアはなにかに突き動かされて、一分の隙もない作戦を構築していく――。


そのストーリーラインは明らかに、選挙戦をモデルにしている。けれど、物語のテーマの志向は、現実で俺が見た出来事と、明らかに違っていた。

俺はあの時期、みみみのなかに潜む劣等感や矛盾、迷いを知り、それについて考えを巡らせた。きっと俺はそこから努力というものの意味や、自分を自分で特別だと思えない業――つまり、根本的な自己肯定感のなさが生むすれ違いを、まざまざと見せつけられた。

あのとき見たみみみの悲しい笑顔は、切羽詰まった言葉は、後悔の涙は。いまでも俺の心に深く刻まれているし、きっとあの経験があったからこそ、俺は自分で自分に自信を持てない人の心をより深く、理解できるようになれたと思う。

けれど、この物語が魔工芸大会を通じて描いていたのは一貫して――無血の少女・アルシアの『空っぽ』だった。

あるときアルシアは、シルクよりも柔らかく、けれど絶対に切れない強靱(きょうじん)さも併せ持った魔法のツタを探すため、迷いの森の奥へ一人で向かう。けれどそのとき、蛇(へび)の毒牙(どくが)に身体(からだ)を蝕(むしば)まれ、地に伏してしまうのだ。

化膿(かのう)した傷口。

無血だから身体に毒が回ることはなかったけれど、きっとこの足では歩くこともままならない。いずれ肉食獣に見つかり、あっという間に食らわれてしまうだろう。

アルシアはその未来を予見し、しかし、悲観はしていなかった。

そこをパピヨンと人間のハーフの少年であるシャリーフに助けられるのだが、アルシアは意識を失う直前、シャリーフの助けの手を払い、こんなことを呟(つぶや)くのだ。

「やめて……私はやっとこの監獄から、解放されるの」

——別に、このまま死んでしまってもいいのかもしれない。

——もともと空っぽの私が、ここで命を失ってしまっても、無が無になるだけだから、と。

「だから大丈夫……私を見捨てて」

はっと吸った息で唇がへばりついて、口の中が乾いていることに気がつく。スマートフォンを持つ手がいつの間にか冷えていて、不自然に汗だけが滲んだ。

アルシアの思いが、どこまで日南の思いと一致しているのかまではわからない。明らかに実在の人物をモデルにしたキャラクターを使って、自らの死を望むほどの歪んだ心境を描き出すのは、ルール違反だとすら言えるかもしれない。

けれど日南は、自分が一位になろうとしていることも、俺の人生攻略を手伝っていたこともすべて、自分の正しさを証明するためだと言った。努力による結果の再現性でしか、本当の意味での正しさは証明できない。だから、正しさを積み重ねつづけるのだと。

それを監獄と呼ぶことに——違和感はなかった。

俺はあの選挙戦のとき、みみみという強キャラを操作して日南を倒すというゲームに夢中になって、日南の動機について、深く考えられてはいなかったかもしれない。どんな作戦をぶつければあの魔王に勝てるのかという考察を繰り返して、日南がなにを思いながら、あそこまで完璧な作戦を積み上げていったのか。その心のなかを覗こうとはしなかった。

一方『純混血とアイスクリーム』は、アルシアが大会に向けて準備を進めている期間、積み上げている努力の裏で常につきまとう疑問。自分がなんのために戦うのかというアルシアの葛藤を、これでもかというくらいしつこく、描きつづけていた。

まるで、この物語の俺の視点では描ききれなかった日南葵の心情を。

この世界の書き手が、神の視点から補足していくように。


　やがて物語は、魔工芸大会の本番を迎える。


「優勝は――アルシア！」

　リブラとナナのチームも工夫に満ちた工芸品で審査員たちを驚かせるが、アルシアはその綿密な計画と圧倒的な完成度を誇る工芸品によって空間を制圧し、誰もが認める差で優勝してしまう。完璧に研ぎ澄まされたストロングスタイルに、その場しのぎの奇策が敵うはずもなかったのだ。

　アルシアの優勝で前半戦を終えた『純混血』の第二章はやがて、ナナがその敗北を機に、自分の在り方へ疑問を持ちはじめる方向へと舵が切られる。

　自分がプライドを持っていた分野で、その専門家でもない親友に負けてしまって。

　自分にはこれしかない、とすべてを賭けていた魔工芸で、ほかにも『すべてを持っている』

はずの恵まれた王家の少女に、敗北を見せつけられてしまって。

それに秀でていること以外、どこにでもいる『普通の少女』だったナナが、これまでどおりでいられるはずがなかった。

やがてナナはいままで一日たりとも欠かすことのなかった魔工芸の鍛錬(たんれん)を休みがちになり、ついには、これまで十年間以上続けて積み上げてきた努力を、完全に放棄してしまう。

そうして進んでいく物語は、俺が経験したものと完全に一致はしないものの、パラレルに似かよっていて。

俺は知っているようで知らない物語を、貪(むさぼ)るように読み進めていく。

ナナが壊れていく原因を作ったアルシアは、大切なものを失っていく親友の姿を見ながら、責任を感じていた。

「私の……せいだよね」

これは、私が引き起こした歪(ゆが)みなのだ、と。

だって自分は魔工芸大会に、大きなこだわりを持っていたわけではない。

なんならアルシアが魔工芸に触れるようになったのは、魔工芸の授業が初めてだ。だからもし自分が大会で負けてしまったとしても、心の中の大切なものはまるで痛まないし、守らなければならないプライドなんて、なにひとつなかった。

自分が大会で二位を取ったとしても、初出場で準優勝という結果は十分すぎる。それも、相手が十年間魔工芸に打ち込みつづけてきた親友のナナだったとなれば、その物語は余計ドラマティックなものとして語られただろう。

必ずしも、勝利が必要ではなかったはずだった。

どこかで、手加減をするべきだっただろうか、と。

あるとき、アルシアはどうしてそこまで勝ちにこだわるのか。その理由をリブラに問われて、一つのことに気がつく。

「リブラなら、わかってくれない？」

「……僕なら？」

「この世界には、三十二の種族があって、その種族にはみんな、信じてる神様がいるでしょ？」

「うん……」

「けどね。無血の私には、信じられる神様がいないんだ」

「あ……」

自分も同じだ。そうリブラは思っていた。

「リブラも……純混血だから。私とは違うけど、どの種族にも属さない、特別な存在だから、わかってくれるでしょ？　私は信じられるものがない、空っぽなの」

きっとそれは、アルシアが漏(も)らした、数少ない本音だった。

「だったら、勝つしかないじゃない。勝って、みんなに認めてもらうしか」

縋(すが)るように言うアルシアは、世界に数少ない同類を探しているようで。

けれど。

「……僕は」

絞り出すように口を開いたリブラ。

その答えは、アルシアの期待したものではなかった。

「僕は、一つの純粋な血を持たないから、一つのことを信じることは難しい。けど……」

リブラは、太陽のように前を向いて。

「全部のことを少しずつ、信じられる気がしてるんだ。太陽の神様も、月の神様も、大地の神様も海の神様も、みんな！」

言葉を聞いたアルシアは、表情を歪(ゆが)める。

純粋に、この世界にまるで疑念なんて抱いていないようなリブラの笑顔は、アルシアにとって希望であり——

それと同時に、これ以上ない猛毒だった。

「……そっか」

アルシアは、悲しく笑う。

「リブラも、私とは違うんだね」

「違うって……」

毒はアルシアのなかで絶望に変わって、孤独を孕んだ言葉を産み落とす。

「だって、私は……あなたとは逆。──無血だから」

吐き捨てるように言う瞳は、世界への不信に染まっていた。


「きっと──すべてのものを、疑うことしかできない」


言葉は冷たく、けれど現実を捉えていた。

「私はね。全部に勝たないといけないって、そう思ってたんだ」

突き動かされるような言葉にはやっと、彼女の意志のようなものが宿りはじめている。

「けどね。ひょっとすると私が負かせてしまった誰かは、本当に尊い美学だったり、誰かを助けるための思いだったり、本当にこれが好きなんだって言い切ることができる情熱を、持ってたのかもしれないでしょ？　そのために、戦ってたのかもしれないでしょ？」

アルシアは、羨むように言う。

「私には、そんなものないんだ」

あきらめたように笑うと——ぽろりと、小さく涙を流した。

「ただの、汚れた空っぽなんだ」


空っぽの入れ物が、美しく世界を変えうる志を、壊してしまった。

氷のように冷たい人形が、尊ぶべき調和の心を、乱してしまった。

なにもやりたいことがない機械が、誰(だれ)かが持つ本物の情熱を、吹き消してしまった。

その代償に得たのはただ——空虚な『勝利』だけだ。

私という空っぽの人間は、本当に勝利を得るだけの価値を持っているのだろうか、と。


やがてアルシアは、ある決意を明確に言葉で、リブラに伝える。

「私ね。次の大会で、負けようと思うんだ」

「それは……どうして？」

その言葉に、リブラは驚く。

「ただ勝つためだけに戦ってる人に、勝利は似合わない。ただ勝つことができるってだけで、勝ちには値しない」

アルシアはシンプルな言葉で、これまでの自分自身を否定する。

「自分のかたちが自分でわかるようになるまで、もう、空っぽの勝利はいらないの」

その覚悟は歪な色を湛えていて、だけど、強固だった。

「だからリブラ、お願いがあるんだ」

アルシアは縋るように、リブラの手を取る。

その手は震えてはいなかったものの、ひどく冷えていて。

「もしも、私が負けちゃったんだとしても。輝いてる、特別な私じゃなくなってしまったんだとしても……」

風に吹かれた湖の水面のように揺れる瞳は、不安定な光を湛えていた。

「──『負けた私』のことも、必要としてくれる？」

数日後。アルシアは決闘の授業で勝ち抜き戦に参加していた。

それはトーナメント形式の催しで、特殊な防護服に身を包んだ生徒たちが、その防護服の耐久値が一定以下になるまで魔力を使って戦闘をする、実践的な授業だ。

一回戦では危なげなく同級生に勝利したアルシアの二回戦の相手は、ナナ。

アルシアはこの戦いで——わざと負けようと思っていた。

「うん。よろしくね、ナナ」

「よ、よろしく！」

闘技場で向かい合う二人。どこか据わったような目で重たい迫力のあるアルシア。いつもどおりに振る舞おうとするが、どこか落ち着きが感じられないナナ。向き合った段階で二人の気迫には、大きな差があった。

アルシアという優勝候補筆頭を前に、ナナは萎縮する。自分が最も得意としていた魔工芸で負けた相手に、自分が苦手としている決闘で勝てるはずもない。なんなら一回戦を勝てたのも、ほとんどまぐれのようなものだったのだから。

けれど、ナナはあきらめようとは思っていなかった。

それどころか、一瞬に賭けてリベンジをしてやろうと燃える炎が、ナナには灯っていた。

実力差は歴然。

もしも勝ち目があるなら、予想外の一閃。

持久戦になる前に不意をついて、一撃で戦闘力を奪う。それだけが狙いだ。

「始め！」

審判役の先生の声と同時にナナは駆け出すと、走った軌道をなぞるようにポニーテールが弧(こ)を描く。拙(つたな)い足取り、慣れない構え。アルシアの懐に潜り込もうと画策するその攻めはアルシアにとってあくびが出るようなもので、考える必要もなく、反射で躱(かわ)せるようなレベルで。

だけどこの状況は、わざと負けようとしているアルシアにとっては都合のいいものだった。

『気合いのこもった不意打ちに驚き、実力差を覆された』

『リスクの高いギャンブルで一発を当てられて、気づけばすべてが終わっていた』

『魔工芸大会のリベンジに燃えていたナナの、気合いの勝利だ！』

その物語があれば、見ている人たちも予想外のジャイアントキリングに納得するだろう。どうすれば自分の負けにリアリティが持たせられるかを考えていたアルシアが、これを利用しない手はなかった。

——だから。

「っ!?」

アルシアは不意をつかれたかのような息づかいを、観客に見えるように大きく演じる。フェイントを掛けられた方向へ大げさに視線を動かすと、わかりやすく、大きな隙が晒された。誰しもがアルシアがナナの術中にはまったと思ったであろう自然な挙動は、ナナの奇襲の成功をこれ以上ないほど劇的に演出した。

ナナの杖から、光弾が発射される。その光弾はまだ未熟なもので、上級者が放つ綺麗な球体とはほど遠い、歪なかたちをしていた。けれどそれは歪ながら巨大で、もしも防御なしに食らったら一撃で勝負が決まってしまうほどの気合いがこもっていた。

アルシアの顔の前まで、光弾が迫り来る。

アルシアは振り向き、光弾をわざと受けよう。そう考えていた。

しかし——そのとき。

氷のように冷えた手で心臓を鷲づかみされるような感覚が、アルシアを襲う。

——このままだと、負ける。

——敗北は、お前に価値がない証拠だ。

負けてしまったらもう――お前には、空っぽしか残らない。

黒い言葉が身体の中心を劈き、次の瞬間。

気付くと緩めていた魔力を、自分の限界を超えたかのような精度でコントロールし、目前の光弾を薙ぎ払っていた。

身を翻し、筋肉と魔力で弾みをつけたアルシアは勢いよく地面を蹴って――

「が……あっ！」

――次の瞬間には、すべてを蹂躙していた。

みぞおちの辺りを押さえたナナが、ゆっくりと膝をつき、力なく倒れる。

挙動のすべてを目で追うことができた者は、十人に満たなかっただろう。観客が目撃できたのは、防護服の耐久値をややオーバーするほどの魔力で吹き飛ばされたナナが苦しそうに倒れている傍らで、残酷に立ち尽くしているアルシアの姿だけだった。

なにが起きたのか。なんのことはない。

持ちうる策のすべてを出し切ったナナの視界から消えたアルシアは――その数秒後、ナナのことをたった一撃で制圧したのだ。

「しょ、勝者……アルシア！」

つつ、と脇腹を不快な汗が伝う。試合に勝ったはずの彼女の呼吸は、まるで重病患者かのように乱れていて。その顔は遠目で見てもわかるくらいに、青ざめている。

「強いなー！」「やっぱりさすがだよなあ……！」

「けど……あそこまでやる？」「いや、試合だからな！」

歓声と拍手と、そして僅かな困惑が、アルシアの勝利をいっそうドラマティックでスキャンダラスなものへと飾り立てていた。

けれど――そんな声は、彼女の耳に届いていない。

浅い息で横たわるナナよりも弱り果てた様子のアルシアは、己の手のひらを見つめていた。

ぽつん、と世界から切り離されたような感覚は彼女にとって慣れっこだったけれど、なんだかいまは、酷く寒くてしかたがない。

呪いだ、と思った。

勝利のために理性で自分を徹底的にコントロールしてきたアルシアは、自分のことは完璧に操作できると信じていた。他人の血を取り込み、増幅して能力を得る素質なんて、ただのおまけ。この過剰なまでの冷たさと完全性こそが、自分が『無血』として得た、最大の長所だとすら思っていた。

けれど。

——自分の意志で負けを選ぶ。

そんなごく簡単なことすら、彼女にはできなくて。

「そっか……私」

折れたように笑うアルシアは、倒れたナナの隣を横切って、ゆっくりとその舞台から降りる。駆客席から届く歓声や拍手、楽隊の祝歌は、まるで自分に向けられたものではないかのように、遠く聞こえた。

「——自分の価値がなくなるのが、怖いだけなんだなあ」

＊＊＊

第二章が終わり、一度読む手を休める。

浅くなった息を整えて、興奮状態の精神を少しだけ落ち着けた。

——こんなものを、なにも思わずに読めるはずがない。

明らかに意図的なかたちで現実へ漸近させた物語は、読んだものを傷つけ、疲弊させることを厭わないほどの明確さで、個人の心の深層を描き、その輪郭を抉り出している。それをこのタイミングで書いていることに、なんのメッセージ性も込められていないなんてことがあるはずがないと、確信できるくらいに。

おそらく菊池さんはこの『純混血とアイスクリーム』という作品を、そういう構造で書き直している。

俺の身の回りで起きたことの本質を摑み、それを換骨奪胎して。

共通点のあるキャラクターに核を委ね、別の物語を作った。

そして——物語には一貫して、これまでになかった新しい要素が追加されている。

それは、俺の視点から見た物語では恐らく唯一、ほとんど語られることのなかった視点。

日南葵の心情と動機だ。

菊池さんはおそらく、リブラから見た物語をベースにして、それをアルシアという『キャラクター』の視点から再構築、創作することで、日南葵の本質を抉り出そうとしている。

「……そう、か」

やがて俺は、もう一つのことを、ゆっくりと理解していった。

『純混血とアイスクリーム』に出てきたいくつものエピソード。

例えばアルシアがリブラを使って、自分が一度試した純血の力を検証しようとしたり。

例えばナナがリブラと組んで、アルシアを打倒しようとしたり。

それはどれも、菊池さんがその目で見た出来事ではない。

どれもあくまで俺の一人称視点でしか見えていなかったはずの世界で。

その景色を本当の意味で知るのは、俺だけであるはずなのだから。

初めて菊池さんと言葉を交わしてから今までのことを、思い返す。

俺は人生につまずき、なにかで迷うたびに、まるでセーブポイントを訪ねるかのように図書室へ向かい、菊池さんに悩みを相談してきた。

その度にヒントをもらって、菊池さんによる動機の言語化を、自分の道しるべにしていた。

いつだか菊池さんは、言っていた。

俺の話を聞いていると、まるで小説を読んでいるときのように、映像が浮かぶのだ、と。

やがて俺は菊池（きくち）さんと付き合うようになり、そうすると俺が菊池さんに話せる範囲は、いままで以上に大きく広がった。

友達には言えないけど、恋人になら言える。そんな感覚は珍しいことではないだろう。だから俺は日南（ひなみ）との秘密のことやこれまで話していなかったちょっとした裏の話までを、不誠実にならない範囲で菊池さんに伝えていた。

——だけど。

もしも菊池さんが、俺の視点から見た景色をもとに、小説を生み出しているのだとしたら。

もしも菊池さんが、俺の話した小説のような記憶をもとに、物語を書いているのだとしたら。

俺が人生攻略を始めて以降、菊池さんに話してきたあらゆる言葉が。

いまこの瞬間——もう一つの『物語』に変わっている。

命綱をたぐり寄せるような気持ちで画面をスワイプして、小説の続きを探す。この物語が与えてくれる視点が、感情が、一体自分になにをもたらしてくれるのかはわからない。けど、自分自身の人生を再解釈し、価値観そのものを揺らがしてくるような物語は俺の本能的な欲求を揺さぶって、脳がほとんど自動的に、その続きを求めていた。

しかし。

「ない……か」

スクロールした画面の右側には、これまであった『次の話』のリンクが表示されていなくて。どうやら菊池さんが書いたのは、ここまでのようだった。

俺はスマホを置く。

誰かと関わることも、アタファミをすることすらも、億劫になっていたはずだった。

だけどいま。

俺は——この小説の続きが、読みたくなっていた。

この小説を書いた人と、話したくなっていた。

なにかに向けて進む理由が、取り戻されていた。

小説閲覧アプリを閉じて、LINEを開く。

一体この気持ちの正体はなんなのか、確かめたかった。いや、恐らくもうほとんど、わかっていたのかもしれない。だって俺はこの自分の心の動きに、可能性を見出(みい)だしていたのだ。開いたLINEには突然二日も学校を休んだことを心配するメッセージがいくつも届いていて、その溜(た)まった通知は日南(ひなみ)が誕生日に受けた祝福ほどではないにせよ、俺がいままでこの人生に向き合ってきた成果を表しているようでもあって。

俺は一筋の光に賭(か)けるように、菊池(きくち)さんに電話をかけた。

数時間後。

俺は北朝霞(きたあさか)の公園で、菊池さんを待っていた。

「……文也(ふみや)くん」

少し息を荒くした菊池さんが、小走りで俺に寄ってくる。きっと俺を待たせまいと、急いでくれたのだろう。こうして急に拒絶して、急に会いたいと言った俺にまだ付き合ってくれるなんて、本当に菊池さんは俺なんかよりもずっと大人で——俺の大事な人だ。

「あのさ」

だから俺は、まず言わなくてはならない。

「菊池さん。ごめん」

自分勝手に感情を押しつけて、逃げるように言葉を投げ出して。それでもこうして俺と向き合おうとしてくれる菊池さんには、何度謝っても謝りたりない。

そして、なにより。

「それから、――ありがとう」

心に湧いていた一番大きな気持ちは――感謝だった。

「こんな俺のこと、それでも待っててくれて」

「いいえ。こちらこそ、あのときは不器用なことしか言えなくて」

「そんなことないよ。……それにたぶん、あのときの俺は、なにをどんな言われ方してても、聞かなかったと思う。最初から、全部拒否してやるって、心に決めちゃってたかも。ごめん」

「ううん。また話せて、うれしいです」

あくまで俺を許して、包んでくれるような菊池さんの言葉の一つ一つが、心に沁みて。

「ねえ、菊池さん」

「は、はい」

「小説、読んだよ」

きっとそれで、ほとんどが伝わると思った。だって菊池さんの書いているものはきっと、直接言葉を交わしあうよりも濃密なほどに、すべてを伝えてくれる。

「俺、昨日喧嘩してから、なにを言われても心が動かないような気がしてて。みんなからのメッセージとか、菊池さんからのLINEですら、頭に入ってこなくて」

それは俺の身体が無意識に、『言葉』をまるごと拒絶していたような感覚で。自分一人しかいない檻にこもって、外からの呼びかけにすら、耳を塞いでいるような状態で。

世界のすべてが嫌になって、だからもう、誰かが口を挟む余地なんかなくて。

人間は本質的に孤独だからこそ突破しようのない、絶対的な要塞のはずだった。


「でも――」

その要塞は、とある魔法の力で、いとも簡単に崩れ去った。


「物語は、心に届いたんだ」

絡んで縺れた心を動かしてくれたのは、菊池さんの紡ぐストーリーだった。

「……たぶんもう、俺だけの力じゃ無理なんだ」

待ち伏せしてもダメで、魂も本音もすべて込めた言葉も届かなくて。

もはや俺は、日南の殻を打破するための手段を、なにひとつ持っていなかった。


――だけど。

本当に伝えたいメッセージを。共有したいテーマを。

ただ叫ぶだけでもなく、勝負に勝つわけでもなく、誰かに届ける手段を。

俺はもう一つだけ知っていた。


「菊池さんの、力を借りたい」


それは菊池さんの業が生み出した、あまりに強大な力。

遥ちゃんを——日南葵を振り回した、暴力的な魔法。

そして、すべてが嫌になっていた俺を、あっけなく動かしてしまった、輝かしい魔法。


——物語の力だ。


俺は、この目で見てきた。

夏休みに水沢から本音をぶつけられても、俺が駅のホームで踏み込んでも変わらなかった日南葵の心を、演劇で突きつけた闇を曝く台詞の力で揺さぶって。

明らかに手がかりの足りていなかった日南家の過去を僅かな言葉から掘り起こして、遥ちゃんの感情をかき乱して。

そして——言葉の力を信じられなくなって、すべてが嫌になって。誰とも話したくなくなっていた俺を、あっけないほど華麗に、暗いところから掬い上げてみせた。

そのすべてのきっかけは——菊池さんが生み出した、物語だった。

「俺と一緒に、作ってほしいんだ」

日南に踏み込みたいけど、踏み込む方法を失ってしまった自分。

魔法のような小説と洞察で人を傷つけ、小説を書く理由を失っていた菊池さん。

俺は踏み込みたい理由を持っているけど、その方法を、持っていない。

菊池さんは踏み込む方法を持っているけれど、理由を失ってしまった。

車輪と歯車。前に進むために必要なもののうち、片方ずつを持っている——

——そんな二人がいま、彼氏と彼女として、ここにいた。

「日南葵を肯定するための――『物語』を」


物語によって、誰かの価値観や生き方を変えて、劇的に救う。

そんなものははっきり言って、青臭い子供が考える、夢物語のようなものかもしれない。

自己満足に近い思い込みで、口に出すことすら、恥ずかしいものなのかもしれない。

でも、菊池さんと一緒ならそれができるのだと。

本気で、思っていた。

「文也くんはやっぱり……大胆で夢見がちですよね？」

少女のように、くすっと笑った。

「う……やっぱりそう思う？」

言われると、自分の大言壮語っぷりに顔が赤くなってしまう。

菊池さんは遠慮なく頷いて、――やがて、悪戯っぽい瞳で俺を見つめた。

「でも――今度はちょっとだけ、自信があるんです」

「え……」

「正直私はまだ、自分が書く理由を、見つけられてないんです。だけど――」

菊池さんは、信頼して、体重を預けるように。

「今回は、文也くんが、書く理由をくれるんですよね？」

身体以上に大切な、心のすべてを預けるように、言った。


「大切な人を救いたいっていう、とっても素敵な理由を」


言葉に、吸い込まれていた。

こんなことを言うのはなんだけれど、俺はこのために、菊池さんと付き合ったのかもしれない、なんてことすら思ってしまっていた。

「だから私、やってみたいです。最初は文也くんからもらった理由で走りはじめて。そのなかで——私だけの理由を、見つけていきたいんです」

話しているのは創作者としての菊池さんだろうか、女の子としての菊池さんだろうか。

いや——人間としての菊池さん、なのだろう。

「……うん、菊池さんならできると思う」

菊池さんは、ううんと首を横に振る。

「私なら、じゃないです」

「あ、そうだよね……俺と、菊池さんなら——」

「文也くん」

菊池さんは諭すように、大人っぽく笑った。

「──それも、違いますよ」

俺はもう、これから菊池さんがなにを言うのか、想像もつかなかった。

「この物語に出てくる登場人物は、アルシアとリブラだけじゃなくて……みんながみんな、魂を持った、大切なキャラクターたちなんです。アルシアのほんとうを見つけるための、大切な仲間たちなんです。だから──」

菊池さんは、これまで得たものを愛おしく、振り返るように。

「七海さんにも、水沢くんにも、泉さんにも、花火ちゃんにも」

なのにうんと前向きな、優しい音色で。

「友崎くんの物語に出てくる登場人物のみんなに、協力してほしいんです」

言葉の輝かしい響きに、心を奪われていた。

「主人公の真っ直ぐさだけじゃなくて……誰かの自信のなさも、誰かの臆病さも、誰かの優柔不断さも、誰かの強さも。……誰かの抱えきれないくらいに、真っ黒な記憶も。みんなの思いと経験があって初めて解きほぐせる。アルシアはそのくらい複雑で、一筋縄ではいかない女の子なんです」

やがて菊池さんは、すべてを見通す泉の妖精のように、微笑みを浮かべる。

「だって、この物語においてアルシアは、救わなくてはいけないヒロインに見せかけて……」

すべての境界線を悠々と越えていく菊池さんの言葉はまるで——飛竜のように身軽で。

「きっと——最後に倒さなければいけない魔王、なんです」

思わず、ぷっと笑ってしまった。

「な、なんですか……？」

「ううん。なんでもない。でもさ……」

だってそれはあまりにも、一致していたから。

「俺も思ってた。日南はどう考えても、ヒロインじゃなくて魔王だよな、って」

菊池さんも、くすっと笑う。

「はい。今回の作品は学園ファンタジーですけど……リブラが勇者で、アルシアがヒロインに見せかけた魔王。それがこの物語の、関係図だと思いますよ」

「そっか……だったら――」

にっと、勝ち気に笑ってやる。

だって、あまりに慣れっこだった。

「俺の、一番の得意分野だね」

魔王討伐はパーティ総出で、全員の力を合わせる。

そんなの、ゲームの基本中の基本だ。

あとがき

ご無沙汰しております。アニメ第二期経験済みラノベ作家の屋久ユウキです。

アニメ友崎くん放送から三年。今巻が発売されている頃には、アニメの二期がまさに放送中で、時間が経つのは早いような遅いような、不思議な感覚です。

十巻のあまりにもなラストから二年、その間に二期の監修だけでなく僕が脚本を担当するオリジナルアニメなども発表され、文字通り忙殺されていましたが、やっと皆さんに物語の続きを届けることができました。沢山お待たせしてしまったぶん、期待に応えられるようなものが書けているといいなと思っております。

だけどおい、この調子だと十二巻はまた何年後なんだ、スマブラやってないでさっさと書け、という怒声が飛び交いそうなのですがなんと、十二巻は今巻発売から数か月以内に出ます。本当なんです信じてください。なぜなら本当は五百ページ以上描いていたものをさすがに長すぎるということで分冊にしたものが本巻なので、すでに次の原稿をかなり書いているんです。事実ベースなのでかなり信頼度が高いですね。

ということで物語も終盤に差し掛かる本シリーズ。一巻のころから追ってくれていた人たちから『学生だったのに社会人になりました』という声をいただくなど、時間というのはいろいろなものを変えていくのだと実感する次第です。そんなふうに終わりのことを思うと徐々に寂しい気持ちが湧（わ）いてきますが——だからこそクライマックスの十二巻を読む前に、皆さんに知っておいてほしいことが、一つだけあります。

　それは、今巻表紙の日南（ひなみ）を見たときにわかる、『花そのものが日南葵（あおい）になっている』という事実です。

　しんみりしてきたときにいつものやつをやるな、感動すら前フリにするのはけしからんという声が聞こえてきそうですが、順を追って説明するのでみんな一旦（いったん）そこに座ってください。

　今巻表紙を見たとき、まずみなさんは日南のアンニュイな表情、そして彼女が抱（かか）えている、鮮明な色で彩られた花束にまず、目がいったことでしょう。友崎くんのこれまでの歴史からいって、こうして意味が強そうなモチーフが表紙になるということ自体が珍しく、また、そもそもフライさんが描く植物というモチーフがすこぶる魅力的である、ということも相まって、それはとても印象的に映ります。

　しかし、もう一度落ち着いて全体図を俯瞰（ふかん）してみたときに、どうでしょうか。初めてと言っていいくらいに意味の強いアイテムの登場、彩度が強い色の花びらというイレギュラーづくしの構図であるのにもかかわらず、全体としては調和し、花が浮いている印象はありません。

　その秘密こそが冒頭で述べた、『花そのものが日南葵になっている』という事実なのです。

　注目するべきは、それぞれの色の花の配置と配分です。まず最も鮮明である赤い花びらを考えるのが最もわかりやすいでしょう。目立つ赤という色が、画面に調和している理由。それを探るために配置や周囲にあるものを観察すると、自ずと答えは出ます。

赤い花は日南葵の胸元、同じく『赤』のネクタイに対応するように配置されています。

それによって赤と赤が隣接し、形や意味合いと言ったコントラストはハッキリしているのにもかかわらず、実は色合いのコントラストは緩やか。そんな多重のコントラストが織りなす複雑な構造が、ここに生まれているのです。

さて、ここまで来れば残りはほとんど答え合わせに近いでしょう。紫の花はどこに置かれているでしょうか。紺と紫の中間のようなブレザーの近くに配置され、その制服の面積の広さと呼応するように、三つ描かれています。

白い花はどうでしょう。これは背景の白の近くに配置されていますが、その面積やブレザーの紫の上、という配置を考えるに、意味としてはシャツと対応していると解釈することが自然かもしれません。そうして生まれた調和によって全体を見たときに浮くことなく、むしろ一体感が生まれているのです。

ネクタイの赤、ブレザーの紫、シャツの白をそれぞれ表した花。それが縦に並ぶように配置されている。……ここまで考えると、『花そのものが日南葵になっている』という意味がわかってきたのではないでしょうか。

それを踏まえた上で、もう一度表紙の花を、見てみてください。

それはただ日南に抱えられた花ではなく——どこか日南葵自身の分身のような。そんな印象にすら変わっているはずです。

そして、この花がなんの花であるのか。そこまでを考えたとき、花そのものが日南葵であるという言葉に、もう一つの意味が宿ることでしょう。

けどちょっと待って、それじゃあこの茎や葉の緑色はどこに対応してるの、対応しているのは花びらだけで葉は例外って解釈なの？　そう思った勘のいい皆さんは——一度、日南葵としっかりと目を合わせて対話をしてみてください。自ずと、答えが見つかるかと思います。

それでは謝辞です。

イラストのフライさん。表紙の日南が好きすぎて、執筆中ずっとスタンドに立てたスマホに表示させながら「日南……お前は俺が救う……」って呟きながら執筆してました。このあとがきもそうしながら書いています。逆に僕に助けが必要なのかもしれないです。ファンです。

担当の岩浅さん。何個もアニメ案件を抱えて忙しそうにしながら「これ以上増やしたくないんですけど、面白かったので仕方なく……」とか言いながら新シリーズを開始させてる姿を見ると、この人ってホントにヤバいんだなと日々思っています。今巻もお疲れさまでした。

そして読者の皆さん。アニメ化、埼玉でのリアルイベント、そして二期アニメ化。少しずつ変わり、進んでいく景色を共有できてうれしく思っています。この巻が出るころには年も変わったし、そろそろ大宮が首都になっているでしょう。いつも応援、ありがとうございます。

ではまた次巻もお付き合いいただければ幸いです。

屋久ユウキ

GAGAGA

ガガガ文庫

弱キャラ友崎くん Lv.11

屋久ユウキ

発行　2024年1月23日　初版第1刷発行

発行人　鳥光 裕

編集人　星野博規

編集　岩浅健太郎

発行所　株式会社小学館
〒101-8001 東京都千代田区一ツ橋2-3-1
[編集]03-3230-9343　[販売]03-5281-3556

カバー印刷　株式会社美松堂

印刷・製本　図書印刷株式会社

Printed in Japan　ISBN978-4-09-453114-5

この作品はフィクションです。実在する人物や団体とは一切関係ありません。